CARSON McCULLERS

A balada do café triste

e outras histórias

Tradução
Caio Fernando Abreu

2ª edição

JOSÉ OLYMPIO
EDITORA

Título do original em língua inglesa
THE BALLAD OF THE SAD CAFÉ

Reservam-se os direitos desta edição à
EDITORA JOSÉ OLYMPIO LTDA.
Rua Argentina, 171 – 3º andar - São Cristóvão
20921-380 - Rio de Janeiro, RJ - República Federativa do Brasil
Tel.: (21) 2585-2060
Printed in Brazil / Impresso no Brasil

Atendimento direto ao leitor:
mdireto@record.com.br
Tel.: (21) 2585-2002

ISBN 978-85-03-01070-2

Ilustração e capa: LUCIO KUME, *d'après* fotografia de divulgação do filme *A balada do café triste*, Merchand Ivory Productions

Texto revisado segundo o novo Acordo Ortográfico da Língua Portuguesa.

CIP-BRASIL. CATALOGAÇÃO-NA-FONTE
SINDICATO NACIONAL DOS EDITORES DE LIVROS, RJ

McCullers, Carson, 1917-1967
M429b A balada do café triste e outras histórias / Carson McCullers; tradução
2ª ed. Caio Fernando Abreu. – 2ª ed. – Rio de Janeiro: José Olympio, 2010.

Tradução de: The Ballad of the Sad Café
ISBN 978-85-03-01070-2

1. Conto americano. I. Abreu, Caio Fernando, 1948-1996. II. Título.

CDD: 813
10-6052 CDU: 821.111(73)-3

Sumário

Nota do tradutor

DEPOIS DE LER ESTAS SETE HISTÓRIAS de Carson McCullers, dificilmente alguém com um mínimo de bom gosto literário poderá dizer que o conto é um gênero menor. Concentradas em suas frases breves, estas peças perseguem — e sempre encontram — aquela característica básica das histórias curtas: um mínimo de palavras, um máximo de intensidade. São construídas de sugestões, reflexos, ambiguidades — para que o leitor complete com sua imaginação aquilo que, no texto, é somente insinuado. Preenchidos os brancos, irrompe o que deveria ser a alma de todo bom conto: a epifania.

Delicada aquarelista de uma linguagem feita de semitons, Carson McCullers publicou este livro em 1951, com apenas 34 anos. Depois de três anos, com três outros livros publicados, estava com o lado esquerdo do corpo paralisado. Até sua morte, em 1967, com 50 anos de idade, usou apenas um dos dedos para escrever à máquina, coisa que só conseguia fazer deitada e com terríveis dores. Quem sabe daí — do ato de criação indissoluvelmente ligado à dor física — ela tirou seu extraordinário poder de compreensão para com as deformidades humanas.

Como noutro escritor americano, John Fante, seu aparentado literário pela ternura — cego no final da vida, com pernas e braços amputados devido a diabetes —, Carson McCullers conquistou em sua obra, composta por cinco livros de ficção e uma peça teatral, aquilo que se poderia chamar de "uma grandeza modesta". Como Fante, não revolucionou profundamente a linguagem nem traçou vastos painéis, à maneira de outros conterrâneos e contemporâneos seus, como William Faulkner ou Ernest Hemingway (estes, sim, considerados "grandes", e sem nenhuma modéstia). Talvez não tenha tido tempo suficiente para isso. Sua vida, como sua obra, foi curta.

Filha de um modesto relojoeiro, Carson McCullers nasceu em 1917 em Columbus, Geórgia, sul dos Estados Unidos, uma região até hoje racista e atrasada. As vivências da infância foram o material de seu primeiro romance, *The Heart Is a Lonely Hunter* (1940), em que ela retrata a si mesma na figura da adolescente Mick Kelly. Começara a escrevê-lo muito cedo, antes de se mudar para Nova York, aos 18 anos, para continuar os estudos de piano. O piano, aliás, uma de suas obsessões, volta a aparecer em uma história deste livro — "Wunderkind", em que uma adolescente confronta-se ao mesmo tempo com as primeiras frustrações e vagos impulsos eróticos.

Adolescentes desajustados — um pouco como em J.D. Salinger —, homens solitários ("O transeunte"), alcoólatras ("Um dilema doméstico"), neuróticos de toda espécie ("O jóquei" e "Madame Zilensky"), bandidos, aleijados e mal-amados ("A balada...") são algumas de suas personagens mais constantes. Sem julgamentos nem proselitismos, mas solidariamente, a ficção de Carson McCullers sempre se colocou ao lado das minorias. Temas e personagens que pareceriam grotescos demais em outros autores — como a rude e gigantesca srta. Amélia, apaixonada pelo corcunda Lymon, na história-título do livro —, filtrados pela prosa musical desta escritora, não apenas soam verossímeis mas, o que é mais mágico e mais inesperado, de alguma forma assemelham-se a nós mesmos. Tratados com extrema doçura, por mais "anormais" ou bizarras que sejam suas personagens, essa empatia jamais é ofensiva ou incômoda. Ao contrário, de certa forma nos sentimos lisonjeados com sua inocente humanidade, enquanto a autora acarinha a nós e a suas pobres criaturas com uma linguagem cheia de perdão.

Como em John Fante ou J.D. Salinger, nessa suave cumplicidade com o que poderia ser sórdido ou feio, mas no texto encantado de Carson McCullers resulta sempre poético, talvez esteja sua maior qualidade. São os pecados (perdoados) de todos nós — a propósito, título em português do filme de John Huston adaptado de seu romance *Reflexos de um olho dourado*. Feito o velho bêbado do conto quase budista que encerra este livro, em sua vida dura — que incluiu o suicídio do marido James Reaves McCullers, em 1953 —, a pequena e frágil Carson também parece ter aprendido a amar, mesmo sem resposta, a todas as coisas: uma árvore, um rochedo, uma nuvem.

Equivocadamente considerada por muitos críticos metidos (e frios) como "uma autora menor", Carson McCullers recebeu, no entanto, significativas homenagens de figuras importantes. Depois de ler *The Member of the Wedding*, o dramaturgo Tennessee Williams tornou-se seu melhor amigo e declarou no prefácio de *Reflexos*: "...nela, o sentimento de espanto transformou-se naquele sentimento de terror que é a desesperada e negra raiz de tudo o que é significativo na arte moderna, da *Guernica* de Picasso às caricaturas de Charles Adams". E Graham Greene escreveu: "A srta. McCullers e talvez o sr. Faulkner são os únicos escritores depois da morte de D.H. Lawrence com uma sensibilidade poética original. Eu prefiro a srta. McCullers ao sr. Faulkner, porque ela escreve com mais clareza, e a prefiro a D.H. Lawrence porque ela não tem mensagem."

É verdade. Fotos antigas mostram uma quase menina de cabelos muito lisos e pretos, olhos grandes espantados sob a franja. Os lábios apertados parecem conter qualquer comentário sobre a vida. Não julgam, apenas compreendem e lamentam. Talvez fosse isso o que Graham Greene queria dizer ao referir-se à falta de "mensagem". Carson McCullers não usou a literatura como arma para tentar melhorar o mundo, mas sem dúvida o melhorava muito apenas escrevendo, cheia de perdão pelas monstruosidades que nele habitam. Um perdão bem-humorado, como aquela "serena surpresa" que o sr. Brook de "Madame Zilensky e o rei da Finlândia" sente, no final, ao ver o cão Airedale andando de costas...

Traduzir Carson McCullers foi, para mim, como um exercício de reconciliação com o humano torto e carente de cada um de nós. Acredito que lê-la também o será.

CAIO FERNANDO ABREU
São Paulo, agosto de 1991

A balada do café triste

A PRÓPRIA CIDADE É MELANCÓLICA. Não há muita coisa nela além da fábrica de fios de algodão, das casas de duas peças onde vivem os operários, alguns pessegueiros, uma igreja com dois vitrais coloridos e uma miserável rua principal, medindo apenas uns 100 metros. Aos sábados, os rendeiros das fazendas próximas vêm fazer compras e conversar. Fora isso, a cidade é solitária e triste, parece um lugar estranho, distante de todos os outros lugares do mundo. A estação de trem mais próxima é Society City, e as linhas de ônibus Greyhound e White Bus passam pela estrada de Forks Falls, a cerca de 5 quilômetros de distância. Os invernos aqui são curtos, crus, e os verões têm um resplendor branco e um calor ardente.

Quem caminha pela rua principal numa tarde de agosto não encontra nada para fazer. A construção mais alta, no centro da cidade, está completamente fechada por tábuas, e tão inclinada para a direita que parece prestes a desabar a qualquer minuto. É uma casa muito antiga. Tem um aspecto estranho, arruinado e confuso, até que se perceba que uma vez, há muito tempo, o lado direito da porta da frente e parte da fachada foram pintados, mas a pintura não foi concluída, e uma metade da casa parece mais escura e suja que a outra. A casa parece completamente abandonada. No entanto, no segundo andar, há uma janela que não está fechada com tábuas. Às vezes, ao entardecer, quando o calor é pior, aparece uma mão que abre lentamente os postigos e um rosto contempla a rua lá embaixo. É uma face turva como essas que aparecem nos sonhos — assexuada e pálida, com dois cinzentos olhos vesgos, que piscam tão violentamente como se lançassem um ao outro sinais de ressentimento. O rosto permanece na janela por cerca de uma hora, depois os postigos são novamente fechados e não se vê nenhuma outra alma em toda a rua. Nessas tardes de agosto, depois de subir e descer a rua, não há mais nada para fazer, mas sempre é possível caminhar até a estrada de Forks Falls para ouvir as correntes dos presos.

Entretanto, nesta cidade houve uma vez um café. E essa casa fechada era diferente de qualquer outra em toda a região. Havia mesas com toalhas e guardanapos de papel, fitas coloridas nos ventiladores elétricos, animadas reuniões nas noites de sábado. A dona do lugar era a srta. Amélia Evans. Mas o maior responsável pelo sucesso e pela alegria do lugar era um corcunda chamado Primo Lymon. Uma outra pessoa tinha seu papel na história desse café: o ex-marido da srta. Amélia, terrível personagem que, ao retornar à cidade depois de longa temporada na penitenciária, trouxe a ruína consigo antes de voltar outra vez ao seu caminho. Desde então o café está fechado, mas tudo isso continua na memória.

Nem sempre a casa foi um café. A srta. Amélia herdou-a de seu pai, e no começo era um armazém de comestíveis, adubo e artigos tipo farinha e fumo. A srta. Amélia era rica. Além do armazém, tinha uma destilaria a cerca de 5 quilômetros do lugar e vendia o melhor uísque da região. Era uma mulher morena e alta, com ossos e músculos de homem. Seus cabelos eram curtos, puxados para a nuca, o rosto queimado pelo sol tinha uma expressão tensa e selvagem. Poderia até ter sido bonita quando moça, se não fosse ligeiramente estrábica. Muitos a cortejaram, mas a srta. Amélia não se importava com o amor dos homens: era uma pessoa solitária. Seu casamento fora diferente dos outros casamentos da região — um estranho e perigoso casamento que durou apenas dez dias e deixou toda a cidade surpresa e escandalizada. À exceção daquele casamento, a srta. Amélia sempre viveu só. Muitas vezes passava noites inteiras em sua cabana no pântano, vestida com um macacão e botas de borracha, observando silenciosamente o fogo lento da destilaria.

As mãos da srta. Amélia faziam tudo prosperar. Ela vendia miúdos e salsichas na cidade próxima; nos dias claros de outono, plantava cana-de-açúcar, e o mel de seus barris era de um ouro escuro, delicadamente perfumado. Em duas semanas ela construiu a privada de ladrilhos atrás do armazém — era uma exímia carpinteira. Somente com as pessoas a srta. Amélia não sabia lidar. Para ela, as pessoas estavam ou completamente doidas ou muito doentes, e não se podia transformá-las da noite para o dia em algo aproveitável. Assim, a única utilidade que a srta. Amélia encontrava nos outros era tirar-lhes dinheiro. E nisso era muito bem-sucedida. Safras, propriedades hipotecadas, uma serraria, dinheiro no banco: era a mulher mais rica daquelas redondezas. Poderia ter sido rica como um deputado, não fosse sua única grande fraqueza: a paixão por processos e tribunais. Por ninharias, ela poderia envolver-se em longos e implacáveis litígios. Costumavam dizer que, se a srta. Amélia tropeçasse numa pedra do caminho, instintivamente olharia em volta procurando alguém para processar. Fora os processos, levava uma vida calma, em que cada novo dia era como o dia anterior. Exceto os dez dias daquele casamento, nada modificara isso até a primavera em que completou trinta anos.

Foi numa noite tranquila de abril. O céu tinha a cor dos lírios azuis do pântano, a lua clara brilhava. A colheita de primavera estava indo bem, e nas últimas semanas a tecelagem havia trabalhado a noite toda. Mais abaixo, no riacho, brilhavam as luzes nos tijolos da fábrica, e ouvia-se o tênue rumor monótono dos teares. Era uma dessas noites em que seria bom ouvir ao longe, através dos campos escuros, a canção lenta de um negro apaixonado. Que dava vontade de sentar calmamente para tocar violão ou simplesmente ficar sozinho, sem pensar em nada. A rua estava deserta naquela noite, mas o armazém da srta. Amélia permanecia com as luzes acesas. Havia cinco pessoas na varanda. Uma delas era Stumpy MacPhail, um capataz de rosto vermelho e frágeis mãos rosadas. Nos degraus mais altos, dois rapazes de macacão, os gêmeos Rainey, ambos longos e lentos, com cabelos brancos e sonolentos olhos verdes. O outro homem era Henry Macy, um sujeito tímido e assustadiço, com maneiras gentis e gestos nervosos, sentado num extremo do degrau mais baixo. A srta.

Amélia estava apoiada contra a porta aberta, os pés enfiados nas grandes botas de borracha, desmanchando pacientemente os nós de uma corda que tinha encontrado. Há muito tempo eles não diziam nada.

Um dos gêmeos, que olhava para a estrada deserta, foi o primeiro a falar:

— Vejo alguém se aproximando — ele disse.

— Algum bezerro fugido — disse seu irmão.

A figura que se aproximava ainda estava muito distante para ser vista com clareza. A lua formava sombras delicadas e tortuosas nos pessegueiros floridos da beira da estrada. No ar, o aroma doce das flores de primavera misturava-se ao cheiro quente e azedo do lago.

— Não. É alguma criança — disse Stumpy MacPhail.

A srta. Amélia observou a estrada em silêncio. Tinha largado a corda e puxava o fecho do macacão com as mãos morenas e ossudas. Ela franziu as sobrancelhas, uma mecha dos cabelos pretos caiu na sua testa. Enquanto esperavam, o cachorro de uma das casas próximas começou a latir furiosamente em direção à estrada, e não parou até que uma voz o fizesse calar-se. Não conseguiram ver claramente quem se aproximava, até que a figura chegasse muito perto, sob as luzes amarelas da varanda.

O homem era um forasteiro, e era raro que um forasteiro entrasse na cidade a pé, a essas horas. Além disso, o homem era corcunda. Não mediria mais que 1,10 metro de altura, e usava um casaco esburacado, cheio de pó, que mal chegava a seus joelhos. As perninhas tortas pareciam frágeis demais para suportar o peso do grande tronco disforme e da saliência pousada em seus ombros. Tinha uma cabeça enorme, com fundos olhos azuis e uma pequena boca sarcástica. Suas faces eram fofas, insolentes; naquele momento, a pele pálida estava amarelada pela poeira e havia sombras azuladas sob seus olhos. Carregava uma velha mala sem fechadura, amarrada por uma corda.

— Boa noite — disse o corcunda, ofegante.

A srta. Amélia e os homens da varanda não responderam nem disseram nada. Apenas olhavam para ele.

— Estou procurando a srta. Amélia Evans.

A srta. Amélia puxou para trás a mecha de cabelos que caía na testa e empurrou o queixo.

— Por quê?

— Porque eu sou parente dela — disse o corcunda.

Os gêmeos e Stumpy MacPhail olharam para a srta. Amélia.

— Sou eu — ela disse. — O que você quer dizer com *parente*?

— É que... — o corcunda começou a dizer. Parecia constrangido, quase como se fosse começar a chorar. Colocou a mala no degrau de baixo, mas não tirou a mão da alça. — Minha mãe se chamava Fanny Jesup, ela era de Cheehaw. Saiu de Cheehaw há uns trinta anos, para casar com o primeiro marido. Lembro-me de ela contar que tinha uma meia-irmã chamada Martha. E hoje me disseram em Cheehaw que Martha era a sua mãe.

A srta. Amélia escutava-o com a cabeça inclinada. Ela comia sozinha até nos domingos, sua casa nunca era invadida por uma manada de parentes, ela não se importava com eles. Lembrava-se de uma tia-avó, dona de estábulos de aluguel em Cheehaw, mas essa tia estava morta. Além dela, havia um primo que morava numa cidade há uns 30 quilômetros dali, mas esse primo e a srta. Amélia não se davam muito bem, e, quando por acaso se encontravam, cada um deles cuspia no chão. De tempos em tempos, outras pessoas tentavam desesperadamente inventar alguma espécie de parentesco com a srta. Amélia, mas absolutamente sem sucesso.

O corcunda começou um longo palavrório, mencionando nomes e lugares desconhecidos para os ouvintes na varanda, que aparentemente nada tinham a ver com o assunto.

— Daí então Fanny e Martha Jesup eram meias-irmãs. E eu sou o filho do terceiro marido de Fanny. Por isso acho que você e eu somos... — Ele inclinou-se e começou a desamarrar a mala. Suas mãos pareciam as patinhas sujas de um pardal e tremiam. A mala estava cheia de todo tipo de trapos: roupas rasgadas, bugigangas que pareciam peças de uma máquina de costura ou apenas coisas imprestáveis. O corcunda remexeu em seus pertences até tirar para fora uma velha fotografia. — Aqui está um retrato da minha mãe e sua meia-irmã.

A srta. Amélia não disse nada. Movia os maxilares de um lado para o outro, via-se em seu rosto que estava pensando sobre o assunto. Stumpy MacPhail pegou a fotografia e ergueu-a em direção à luz. Era um retrato de duas meninas pálidas, com 2 ou 3 anos. Seus rostos eram duas manchas esbranquiçadas, e aquilo podia ser um retrato antigo de qualquer álbum de família.

Stumpy MacPhail devolveu-a sem comentários.

— De onde você vem? — perguntou.

A voz do corcunda era insegura:

— Andei viajando.

A srta. Amélia continuava sem dizer nada. Permanecia apoiada contra a porta, olhando o corcunda. Henry Macy piscou nervosamente, esfregando as mãos. Depois deixou silenciosamente o degrau e desapareceu. Era uma boa alma, estava comovido com a situação do corcunda. Portanto, preferia não esperar que a srta. Amélia expulsasse o intruso da sua propriedade e da cidade. O corcunda continuava com a mala aberta no degrau da escada, assoou o nariz e sua boca tremeu. Talvez começasse a dar-se conta de sua situação, talvez compreendesse como era miserável ser um estranho na cidade, com uma mala cheia de trapos, tentando convencer a srta. Amélia de que eram parentes. Seja por que fosse, sentou num dos degraus e subitamente começou a chorar.

Não era muito comum um corcunda desconhecido caminhar pela estrada até o armazém à meia-noite, depois sentar e chorar. A srta. Amélia jogou outra vez para trás a mecha de cabelos que lhe caía na testa enquanto os homens se entreolhavam constrangidos. Tudo em volta estava muito quieto.

Por fim, um dos gêmeos disse:

— Esse cara está me parecendo um Morris Finestein de primeira.

Todos concordaram. Essa era uma expressão que tinha um significado especial. Mas o corcunda chorou ainda mais alto, ele não podia saber do que estavam falando. Morris Finestein era um homem que vivera na cidade anos antes, apenas um judeuzinho saltitante que chorava quando o chamavam de "Matador de Cristo" e comia todos os dias pão branco com salmão. Acontecera-lhe uma desgraça, e mudara-se para Society City. Mas, desde então, sempre que um homem parecia de alguma forma delicado demais, ou se chorava, era chamado de Morris Finestein.

— O cara está sofrendo — disse Stumpy MacPhail. — Deve ter algum motivo.

A srta. Amélia atravessou a varanda com dois passos lentos, gingados. Desceu as escadas e ficou olhando pensativamente o forasteiro. Cautelosa, com um longo dedo moreno tocou a saliência nas costas dele. O corcunda continuava chorando, mas parecia mais sereno. A noite estava silenciosa, a lua brilhava ainda com uma luz clara, macia, começava a esfriar. Então a srta. Amélia fez algo surpreendente: tirou uma garrafa do bolso de trás do macacão e, depois de limpar o gargalo com a palma da mão, ofereceu um gole ao corcunda. A srta. Amélia jamais fora convencida a vender seu uísque a crédito, e jamais alguém a vira dar uma gota de graça a quem quer que fosse.

— Beba — ela disse. — Isto vai esquentar suas tripas.

O corcunda parou de chorar, lambeu as lágrimas em volta da boca e bebeu. Quando terminou, a srta. Amélia encheu a boca de uísque, fez um gargarejo e cuspiu. Depois, também bebeu. Os gêmeos e o capataz tinham suas próprias garrafas, pagas à vista.

— É um bom uísque — disse Stumpy MacPhail. — A srta. Amélia sempre faz tudo direito.

É importante falar nas duas garrafas grandes de uísque que beberam naquela noite; caso contrário, seria difícil avaliar o que aconteceu depois. Talvez porque, sem o uísque, o café não teria existido. O uísque da srta. Amélia tem uma qualidade peculiar: é limpo e penetrante na língua, mas, depois de bebido, continua a arder por dentro durante muito tempo. E isso não é tudo. Todo mundo sabe que, se uma mensagem for escrita numa folha de papel com sumo de limão, não ficará nenhum sinal dela. Mas, se o papel for exposto ao fogo durante um momento, as letras tornam-se castanhas e a mensagem começa a clarear. Imagine-se que o uísque é o fogo e que a mensagem é aquilo conhecido somente pela alma de um homem; então pode-se compreender o valor do uísque da srta. Amélia. Coisas que aconteceram em segredo, pensamentos perdidos no fundo escuro da mente subitamente são reconhecidos e compreendidos. Um fiandeiro que durante a semana pensou apenas nos teares, na comida, na cama e nos teares outra vez, no domingo esse fiandeiro bebe um pouco e de repente tropeça num lírio silvestre. E toma esse lírio nas mãos, e fica contemplando a delicada corola dourada, e subitamente sente-se tomado por uma doçura tão pungente quanto uma dor. Ou um tecelão que de súbito olha para o alto, e pela primeira vez percebe a fria e misteriosa transparência de um céu de janeiro, e sente então um estremecimento ao pensar na sua pequenez. Coisas assim acontecem quando um homem bebe o uísque da srta. Amélia. Ele pode sofrer ou consumir-se de prazer, mas a experiência revelou a verdade, aqueceu sua alma e o fez ver a mensagem oculta nela.

Beberam até de madrugada, enquanto a lua era coberta com as nuvens e a noite tornava-se escura e fria. O corcunda continuava sentado no último degrau, miseravelmente curvado, com a cabeça apoiada nos joelhos. A srta. Amélia estava em pé, as mãos enfiadas nos bolsos, um pé sobre o segundo degrau da escada. Ficara em silêncio durante muito tempo. Seu rosto tinha essa expressão que às vezes aparece nas pessoas vesgas quando pensam profundamente, uma mistura de sabedoria e loucura. Finalmente ela disse:

— Não sei o seu nome.

— Eu me chamo Lymon Willis — disse o corcunda.

— Bem, pode entrar — ela disse. — Na cozinha tem um resto de jantar, você pode comer.

Poucas vezes na vida a srta. Amélia convidava uma pessoa para comer, a não ser que pretendesse enganá-la ou arrancar-lhe dinheiro. Portanto, os homens na varanda sentiram que havia alguma coisa errada. Mais tarde, comentaram entre si que ela devia ter passado a maior parte da tarde bebendo no pântano. De qualquer forma, ela saiu da varanda, e Stumpy MacPhail e os gêmeos foram para suas casas. Ela abriu a porta da frente do armazém para ver se estava tudo em ordem. Depois entrou na cozinha, que ficava atrás do armazém. O corcunda a seguiu arrastando a mala, fungando e limpando o nariz na manga do casaco imundo.

— Sente-se — disse a srta. Amélia. — Vou esquentar este negócio.

Foi uma boa refeição a que eles fizeram, juntos, naquela noite. A srta. Amélia era rica e não se privava de comida. Havia frango assado (o corcunda comeu o peito), purê de beterraba, couve e batatas-doces cor de ouro pálido. A srta. Amélia comia devagar, com o apetite de um trabalhador braçal. Comia com os dois cotovelos sobre a mesa, curvada sobre o prato, joelhos abertos e pés apoiados na travessa da cadeira. Quanto ao corcunda, devorou o jantar como se não visse comida há muitos meses. Enquanto comia, uma lágrima rastejou por seu rosto empoeirado, mas não passava de uma pequena lágrima perdida, sem maior significado. A lamparina estava bem colocada na mesa, queimando azul nos cantos do pavio e espalhando uma luz agradável pela cozinha. Quando a srta. Amélia terminou de comer, limpou cuidadosamente o prato com miolo de pão, depois passou no pão um pouco de mel claro e doce feito por ela mesma. O corcunda fez o mesmo, mas era mais delicado e pediu um prato limpo. Quando terminaram, a srta. Amélia afastou a cadeira, apertou o punho e sentiu a dureza dos músculos flexíveis do braço direito por baixo do tecido azul e limpo do macacão, um hábito inconsciente, sempre quando terminava de comer. Então apanhou a lamparina sobre a mesa e fez um sinal com a cabeça em direção à escada, como se convidasse o corcunda a acompanhá-la.

Sobre o armazém ficavam as três peças onde a srta. Amélia tinha vivido por toda a sua vida, dois quartos com uma grande sala entre eles. Poucas pessoas tinham visto esses cômodos, mas todo mundo sabia que eram bem mobiliados e extremamente limpos. E agora a srta. Amélia introduzia neles um corcundinha sujo e estranho, saído Deus sabe de onde. A srta. Amélia andava lentamente, dois degraus em cada passo, erguendo bem alto a lamparina. O corcunda a seguia, tão próximo que a luz trêmula formava na parede da escada uma única sombra, grande e disforme. Em seguida, o andar de cima do armazém ficou tão escuro quanto o resto da cidade.

O dia seguinte amanheceu sereno, com um tom de púrpura quente misturado ao rosa. Os campos em volta da cidade tinham sido arados recentemente e, muito cedo, os trabalhadores mergulharam nas folhas de fumo novas, de um verde profundo. O cantar dos galos soou sobre os campos, fazendo brotar sombras azuis na terra. Na cidade, as pessoas tomavam seu café fora das casas, ao sol, e as janelas do moinho pareciam de ouro ofuscante. No ar fresco da manhã, as flores dos pessegueiros brilhavam como as nuvens no mês de março.

Como de costume, a srta. Amélia desceu, lavou a cabeça na torneira e começou logo o trabalho. Mais tarde, pela manhã, ela selou a mula e foi dar uma olhada nas plantações de algodão de sua propriedade, perto da estrada de Forks Falls. Ao fim da manhã, naturalmente, todo mundo tinha ouvido falar no corcunda que entrara no armazém de madrugada, mas ninguém ainda o vira. O dia logo esquentou, por volta do meio-dia o céu ganhou um tom de azul profundo, e ninguém ainda tinha visto o estranho convidado. Algumas pessoas lembraram que a mãe da srta.

Amélia tinha realmente uma meio-irmã, mas as opiniões divergiram sobre se ela tinha morrido ou fugido com algum plantador de fumo. Quanto à reivindicação do corcunda, todo mundo achava que era mentira, e, conhecendo a srta. Amélia como a conhecia, o pessoal da cidade decidiu que ela o havia posto para fora de casa depois de tê-lo alimentado. Mas, ao entardecer, quando o céu ficou mais claro e o trabalho tinha terminado, uma mulher disse que havia visto um rosto deformado na janela de um dos quartos sobre o armazém. A própria srta. Amélia não disse nada sobre o assunto. Atendeu no armazém por algum tempo, discutindo durante uma hora com um fazendeiro por causa de um cabo de arado, remendando um arame para galinheiro. Na hora do pôr do sol, olhou para cima e subiu para os quartos. A cidade estava confusa e cheia de histórias.

No dia seguinte a srta. Amélia não abriu o armazém. Ficou fechada dentro de casa, e ninguém a viu. Aquele foi o dia em que começou a circular um boato, um terrível boato que espantou toda a cidade e os lugares próximos. Quem começou foi um tecelão chamado Merlie Ryan. Era um homem desmoralizado, amarelo, meio manco e sem dentes. Sofria de febre-terçã, o que significa que tinha febre de três em três dias. Portanto, passava dois dias deprimido e de mau humor, mas no terceiro animava-se e tinha algumas ideias, a maioria delas completamente doida. Foi num desses dias de febre que Merlie Ryan disse de repente:

— Eu sei o que a srta. Amélia fez. Ela matou aquele homem para ficar com alguma coisa que ele tinha na mala.

Disse isso numa voz calma, como uma constatação do fato. Em menos de uma hora, a notícia tinha atravessado a cidade. Foi uma história feroz e macabra a que a cidade construiu naquele dia, com todos os detalhes arrepiantes: um corcunda, um enterro à meia-noite no pântano, a srta. Amélia arrastada pelas ruas até a prisão, as brigas sobre as propriedades dela, tudo dito em vozes baixas e repetido com algum detalhe novo, fantástico. Começou a chover, as mulheres esqueceram de recolher a roupa estendida. Uma ou duas pessoas que deviam dinheiro à srta. Amélia chegaram a vestir suas roupas domingueiras, como se fosse uma festa. Muita gente se amontoou na rua principal, cochichando e vigiando o armazém.

Mas não seria verdade dizer que toda a cidade tomou parte naquele festival diabólico. Alguns homens de bom-senso achavam que, sendo tão rica, a srta. Amélia não iria assassinar um vagabundo por causa de uma porção de porcarias. Na cidade havia até três boas pessoas que não desejavam aquele crime, e isso não porque achassem a história desinteressante ou pouco comovente: elas não sentiam o menor prazer em imaginar a srta. Amélia agarrada às grades de uma cela e sendo eletrocutada em Atlanta. Essas boas pessoas julgavam a srta. Amélia de um jeito diferente das demais. Quando alguém é tão diferente dos outros, como ela era, e quando seus pecados somados nem sequer podem ser lembrados sem esforço, certamente esse alguém requer um julgamento especial. Essas pessoas lembravam que a srta. Amélia tinha nascido morena demais e com uma coisa esquisita no rosto; criada sem mãe, pelo pai, um homem solitário; que já adolescente media quase 1,80 metro de altura, e isso não era natural numa mulher; que seus modos e hábitos eram muito peculiares para que se pudesse pensar racionalmente sobre eles. Principalmente, essas pessoas lembravam o espantoso casamento dela, que fora o mais inexplicável escândalo jamais acontecido naquele lugar.

Portanto, o que essas boas pessoas sentiam pela srta. Amélia era algo próximo da piedade. E quando ela resolvia fazer alguma grosseria, como invadir a casa de alguém para apoderar-se de uma máquina de costura em pagamento de uma dívida ou decidir ela mesma algum assunto que caberia à lei resolver, essas pessoas tinham por ela um sentimento que era uma mistura de irritação, um ridículo divertimento secreto e uma profunda, incompreensível tristeza. Mas isso acontecia apenas com essas boas pessoas, que eram apenas três. Durante a tarde inteira, o resto da cidade estava transformando numa verdadeira festa o suposto crime da srta. Amélia.

Quanto a ela, por alguma razão estranha, parecia alheia a tudo aquilo. Passou a maior parte do dia no andar de cima. E, quando desceu para o armazém, ficou andando de um lado para o outro calmamente, as mãos enfiadas no fundo dos bolsos do macacão, a cabeça tão baixa que o queixo quase entrava pela gola da camisa. Não havia manchas de sangue em parte alguma. De vez em quando ela parava, examinando sombriamente as fendas do assoalho, jogando para trás as mechas dos cabelos curtos, e murmurava alguma coisa para si mesma. Mas a maior parte do dia passou no andar de cima.

A noite chegou. A chuva daquela tarde havia refrescado o ar e o crepúsculo foi úmido e desolado como no inverno. Não havia estrelas no céu, começou a cair uma garoa gelada. Da rua viam-se as lamparinas das casas, trêmulas, fúnebres. E veio então um vento, não do pântano ao lado da cidade, mas dos frios e escuros pinheirais do norte.

Os relógios marcaram oito horas. Ainda não acontecera nada. Depois dos boatos macabros do dia, a noite gelada assustou algumas pessoas, que se trancaram em casa, perto do fogo. Outras formavam pequenos grupos, e oito ou dez homens haviam se reunido na varanda da srta. Amélia. Estavam em silêncio, concentrados, esperando. Eles mesmos não saberiam dizer o que esperavam, mas era simples: em tempos de tensão, quando alguma coisa importante está para acontecer, os homens se reúnem e esperam dessa forma. E, depois de algum tempo, chega o momento em que todos juntos agem como se fossem um só, impelidos não pelo pensamento ou vontade de um único homem, mas pelos seus próprios instintos fundidos, de maneira que a iniciativa não parte de nenhum deles, mas do grupo todo. Nesses momentos, não há hesitações individuais. E depende apenas do destino que essa ação conjunta resulte em saque, violência e crime. Assim, os homens esperavam solenemente na varanda do estabelecimento da srta. Amélia. Nenhum deles sabia por que estavam ali nem o que desejavam, mas sabiam intimamente que deviam esperar, e que a hora estava quase chegando.

A porta do armazém estava aberta. Dentro havia luz, e tudo parecia como sempre. À esquerda, o balcão com as pontas de carne, vidros de doce e fumo. Atrás dele, as prateleiras de carne desidratada e de comida. O lado direito do armazém estava cheio de ferramentas para a lavoura, coisas assim. Atrás e à esquerda, a porta que levava para a escada permanecia aberta. E mais para a direita havia outra porta dando para o quartinho que a srta. Amélia chamava de "seu escritório". Essa porta também estava aberta. Eram oito horas da noite e todos podiam ver a srta. Amélia sentada ali, em sua mesa de trabalho, com uma caneta-tinteiro na mão e algumas folhas de papel diante de si.

O escritório tinha boa luz, e a srta. Amélia parecia não perceber aquela delegação no terraço. Tudo em volta estava completamente em ordem, como sempre. Aquele escritório era bem conhecido e até temido em toda a região. Era ali que a srta. Amélia fazia seus negócios. Sobre a mesa havia uma máquina de escrever, cuidadosamente coberta, que ela sabia usar, mas usava somente para os documentos mais importantes. Nas gavetas havia literalmente milhares de papéis, todos em ordem alfabética. Esse escritório era também onde a srta. Amélia recebia pessoas doentes; ela adorava dar-se ares de médica, e não faltava ocasião para isso. Duas prateleiras inteiras estavam cheias de vidros de remédios e outras parafernálias. Contra a parede, havia um banco onde os "pacientes" se sentavam. Ela era capaz de costurar uma ferida com uma agulha queimada na ponta, antes que infeccionasse. Para queimaduras, tinha um unguento fresquinho e leve. Para dores não localizadas, possuía um grande número de diferentes drogas, que fabricava com receitas misteriosas. E havia ainda aquele remédio muito bom para prisão de ventre, que só não podia ser dado a crianças pequenas porque causava horríveis convulsões. Para estas, reservava remédios especiais, mais suaves, de sabor adocicado. Sim, por todos ela era considerada uma excelente médica. Suas mãos, embora grandes e ossudas, eram delicadas para todos. Ela tinha uma fantástica imaginação e colocava em prática centenas de curas diferentes. Frente ao mais perigoso e extraordinário tratamento, ela não hesitava, e não havia doença, por mais terrível que fosse, que ela não curasse. Só havia uma exceção: os problemas femininos. A qualquer menção deles, a srta. Amélia ruborizava-se e ficava desnorteada, enfiando um dedo entre o pescoço e a gola da camisa, esfregando as botas e parecendo uma menina grande muda de vergonha. Mas, para qualquer outro assunto, o povo confiava nela. Não cobrava consultas, todavia, e tinha sempre uma multidão de clientes.

Naquela noite, a srta. Amélia escrevia sem parar com a caneta-tinteiro. Seria impossível ignorar para sempre o grupo lá fora, esperando por ela no alpendre escuro. De vez em quando, ela levantava a cabeça e olhava para eles em silêncio, mas não lhe ocorria perguntar o que aquele patético rebanho fazia em sua propriedade. Seu rosto estava digno e sério, como todas as vezes que se sentava no escritório. Depois de algum tempo, aquele jeito de olharem para ela pareceu aborrecê-la. Então enxugou o rosto com um lenço vermelho, levantou e fechou a porta do escritório.

O grupo do terraço tomou aquele gesto como um sinal. A hora tinha chegado. Eles haviam passado muito tempo em pé, com a noite escura e úmida a suas costas. Tinham esperado longamente, e aquele justo momento despertou-lhes o instinto de agir. De repente, como se fossem movidos por uma única vontade, entraram no armazém. Naquele instante, os oito homens pareciam iguais: todos usando macacões azuis, a maioria de cabelos louros agrisalhados, pálidos e com um olhar fixo, alucinado. O que poderiam fazer no próximo momento ninguém sabe. Mas de repente ouviu-se um barulho no alto da escada. Os homens olharam para cima, mudos de espanto. E lá estava o corcunda que tinham assassinado em suas imaginações. Além disso, não era em absoluto como tinham descrito; não parecia um pobre e sujo anãozinho, só e perdido no mundo. De fato, nunca, até então, um daqueles homens havia visto alguém igual. E correu pelo armazém um silêncio de morte.

O corcunda desceu as escadas lentamente, com o orgulho de quem é dono de cada uma das tábuas do chão que pisa. Nos últimos dias, ele havia mudado muito. Em primeiro lugar, estava impecavelmente limpo. Continuava usando o mesmo casaco, mas agora escovado e cuidadosamente remendado, e, por baixo, vestia uma camisa da srta. Amélia, quadriculada de vermelho e preto. Não usava calças como as dos homens normais, mas uma espécie de malha que lhe chegava apenas até os joelhos. Suas perninhas estavam enfiadas em meias pretas, e seus sapatos eram de um tipo especial, com laços nos tornozelos, muito lustrosos. Em volta do pescoço, cobrindo quase completamente as enormes orelhas pálidas, jogara um cachecol verde-limão, as pontas com franjas quase chegando ao chão.

O corcunda desceu até o armazém com passinhos firmes, decididos, depois parou no centro do grupo de homens. Abriram espaço para ele e ficaram olhando-o, boquiabertos. O corcunda também se comportava de maneira estranha. Olhou para cada um dos homens na altura dos seus próprios olhos, isto é, mais ou menos na altura do cinto de um homem comum. Então examinou deliberadamente as regiões baixas de cada homem, da cintura aos sapatos. Quando ficou satisfeito com a inspeção, fechou os olhos por um momento e balançou a cabeça, como se o que tivesse acabado de ver, em sua opinião, não tivesse grande importância. Em seguida, como se para confirmar o que pensara, encarou o círculo de rostos em volta dele. Havia um saco de adubo pela metade no canto esquerdo do armazém e, depois de examiná-lo, o corcunda sentou-se sobre ele. Instalou-se comodamente, cruzou as perninhas e tirou do bolso do casaco um pequeno objeto.

Demorou algum tempo para que os homens do armazém conseguissem se recompor. Merlie Ryan, aquele das febres de três dias, que tinha começado os boatos, foi o primeiro a falar. Olhou para o objeto que o corcunda segurava e perguntou em voz baixa:

— O que é que você tem aí?

Cada um daqueles homens sabia do que se tratava: era a caixinha de rapé que pertencera ao pai da srta. Amélia. Uma caixinha esmaltada de azul, com um delicado enfeite de ouro lavrado na tampa. Os homens conheciam muito bem aquela caixa, e ficaram maravilhados. Lançaram olhares inquietos para a porta fechada do escritório, mas só ouviram o ruído suave do assobio da srta. Amélia consigo mesma.

— Sim, o que é isso, amendoim?

O corcunda levantou os olhos vivamente e afiou a boca para falar:

— Isto é uma armadilha para caçar intrometidos.

Meteu os dedinhos na caixa e comeu alguma coisa, mas sem oferecer a ninguém. Nem sequer era rapé, mas uma mistura de açúcar e cacau. Ele a tomava como se fosse rapé; enfiava um pouco embaixo do lábio inferior e, empurrando com a língua, fazia caretas.

— Meus dentes sempre tiveram um gosto amargo — explicou. — Por isso eu uso este pozinho doce.

Os homens continuavam a cercá-lo, sentindo-se tolos e desconcertados. Essa sensação nunca chegou a desaparecer por completo, mas logo foi temperada por outro sentimento. Subitamente, no armazém, havia uma vaga atmosfera de festa e intimidade. Os nomes dos homens do grupo eram os seguintes: Hasty Malone, Robert Calvert Hale, Merlie Ryan, reverendo T.M. Willin, Rosser Cline, Rip Wellborn, Henry Ford Crimp e Horace Wells. Exceto o reverendo Willin, todos se pareciam muito, todos haviam se divertido com alguma coisa na vida, chorado e sofrido de alguma forma, quase todos eram afáveis, a não ser que estivessem irritados. Eram todos operários na tecelagem e viviam uns com os outros em casas de dois ou três quartos, alugadas a 10 ou 12 dólares por mês. E todos haviam recebido naquele dia, porque era sábado. Assim, era possível pensar neles como um todo.

O corcunda, no entanto, já estava individualizando-os mentalmente. Depois de confortavelmente instalado, começou a conversar com cada um dos homens, fazendo perguntas como se era casado, que idade tinha, quanto ganhava numa semana de trabalho etc., até chegar nas questões mais íntimas. Em seguida, outros homens da cidade reuniram-se ao grupo: Henry Macy, alguns desocupados que haviam farejado alguma coisa extraordinária, mulheres que vinham buscar os maridos, e até um menino perdido, com os cabelos que pareciam de estopa, entrou no armazém e roubou uma caixa de biscoitos sem ser visto. Os domínios da srta. Amélia estavam muito concorridos, mas ela ainda não abrira a porta do escritório.

Há certo tipo de pessoas que têm algo que as distingue dos outros seres humanos. Pessoas assim possuem um instinto geralmente encontrado apenas nas crianças pequenas: o instinto de estabelecer imediatamente um contato vital entre elas e todas as coisas do mundo. O corcunda, certamente, pertencia a esse tipo. Em apenas meia hora no armazém ele conseguira estabelecer contato entre si e cada um daqueles indivíduos. Era como se tivesse vivido na cidade durante anos, fosse muito conhecido e todas as noites costumasse se sentar naquele saco de adubo e falar. Tudo isso, somado ao fato de ser sábado à noite, acrescentava ao armazém um ar de liberdade e alegria ilícita. Também havia certa tensão, em parte devido à anormalidade da situação, em parte porque a srta. Amélia continuava fechada no escritório e não tinha ainda aparecido.

Ela só apareceu às dez da noite. E aqueles que esperavam algum drama na sua entrada ficaram desapontados. Ela abriu a porta e entrou em cena com seu andar lento, desajeitado. Tinha uma mancha de tinta no nariz e havia colocado o lenço vermelho no pescoço. Não parecia notar nada fora do normal. Seus olhos vesgos e cinzas dirigiram-se para o lugar onde o corcunda estava sentado e por um momento detiveram-se nele. O resto dos homens do armazém recebeu apenas um olhar de pacífica surpresa.

— Vocês desejam alguma coisa? — ela perguntou mansamente.

Havia um bom número de fregueses, porque era sábado à noite, e todos queriam uísque. Três dias antes a srta. Amélia abrira um barril dos antigos, e tinha enchido várias garrafas na destilaria. Nessa noite, ela recolheu o dinheiro dos fregueses e foi conferi-lo sob a luz da lamparina. Isso era o que sempre fazia. Mas o que aconteceu em seguida não era comum. Antes, era sempre preciso ir ao pátio escuro dos fundos, onde cada um recebia sua garrafa pela porta da cozinha. Não havia nenhum sentimento de alegria no negócio. Depois de apanhar seu uísque, o freguês ia embora. Ou, se a mulher dele era dessas que não queriam saber de bebida em casa, dava umas voltas pela varanda do armazém, bebendo uns tragos ali mesmo ou na rua. A varanda e o pedaço da rua em frente eram propriedades da srta. Amélia, e não havia dúvida sobre isso, mas ela não os considerava como seus domínios, que começavam na porta e compreendiam todo o interior da casa. Ali, jamais alguém a não ser ela tinha bebido ou aberto alguma garrafa. Agora, pela primeira vez, ela quebrava essa regra. Entrou pela cozinha, com o corcunda no seu encalço, e voltou com as garrafas para o armazém quente e iluminado. O mais espantoso é que também apanhou alguns copos e abriu duas caixas de biscoitos, que colocou muito hospitaleiramente numa bandeja sobre o balcão para quem quisesse, não precisava pagar.

Não falou com ninguém a não ser com o corcunda, e somente para perguntar-lhe numa voz um tanto rouca e rude:

— Primo Lymon, você quer o seu uísque assim mesmo ou prefere que eu o esquente para você?

— Esquente, por favor, Amélia — disse o corcunda. E desde quando alguém ousara chamar a srta. Amélia por seu próprio nome, sem aquele *senhorita* que impunha respeito? Certamente nem mesmo seu noivo e marido de dez dias. Realmente desde a morte de seu pai, que por alguma razão sempre a chamava de *Pequena*, ninguém mais ousava chamá-la desse jeito familiar. — Por favor, eu prefiro quente.

Assim começou o café. Desse jeito simples. Lembre-se de que a noite era fria como se fosse de inverno, e sentar lá fora teria sido desagradável. Dentro, havia boa companhia e um calor gostoso. Alguém acendera o fogão ao fundo, e aqueles que tinham comprado garrafas ofereciam uísque aos amigos. Algumas mulheres que estavam lá tomaram xícaras de ponche ou até se arriscaram no uísque. O corcunda continuava a ser uma novidade, e sua presença divertia a todos. Trouxeram o banco do escritório, junto a várias cadeiras extras. Alguns apoiavam-se no balcão ou sentavam-se confortavelmente em sacos e barris. Nem mesmo com o uísque correndo solto ouviam-se palavrões, risadinhas indecentes, ou alguém se comportava mal. Ao contrário, o grupo foi tão educado que parecia até mesmo um pouco tímido. Acontece que, naquela cidade, as pessoas não estavam acostumadas a ficar juntas por puro prazer. Encontravam-se para trabalhar na fábrica ou aos domingos, às vezes, em piqueniques no campo, mas esses encontros eram utilizados pelo pastor apenas para assustá-los com o inferno e enchê-los de medo do Todo-Poderoso. O espírito de um café, porém, é completamente diferente. Mesmo os mais ricos e mais safados sabem que, num ambiente desses, ninguém deve ser insultado. E os pobres olham em volta com gratidão, servindo-se de maneira delicada e modesta. O ambiente de um café que se preze implica estas qualidades: companheirismo, satisfação do estômago e certa graça e alegria no comportamento. Ninguém explicara nada disso ao grupo daquela noite no armazém da srta. Amélia. Mas eles pareciam saber disso desde sempre, embora nunca tivesse existido um café na cidade.

No entanto, a causadora de tudo aquilo, a srta. Amélia, passou a maior parte da noite encostada na porta da cozinha. Externamente, parecia não ter mudado em nada, mas muitos a olhavam com curiosidade. Ela observava tudo, mas quase todo o tempo seus olhos permaneciam fixos no corcunda. Ele passeava pelo armazém, comendo coisas da caixa de rapé, sendo ao mesmo tempo sarcástico e amável. Onde a srta. Amélia estava, as chamas da lareira iluminavam seu rosto grande e moreno. Em sua expressão havia alguma dor, certa perplexidade e uma alegria morta. Seus lábios não estavam apertados como de costume, e ela engolia a seco com frequência, estava um pouco mais pálida e suava nas mãos grandes e vazias. Naquela noite sua aparência era a solitária aparência de uma pessoa apaixonada.

A inauguração do café terminou à meia-noite. Todos disseram adeus uns aos outros, com jeito amável. A srta. Amélia fechou a porta da frente, mas esqueceu de passar o ferrolho. Em seguida, a rua principal com seus três armazéns, o moinho, as casas, a cidade inteira ficou escura e silenciosa. E assim acabaram aqueles três dias e noites em que aconteceu a chegada de um estranho, uma festa profana e a inauguração do café.

O tempo passou. Mas foram quase iguais os quatro anos seguintes. Houve grandes mudanças, mas aconteceram pouco a pouco, por etapas simples, que uma a uma não pareciam ser importantes. O corcunda continuou vivendo com a srta. Amélia. Gradualmente, o café prosperou. A srta. Amélia começou a vender seu uísque, algumas mesas foram colocadas no armazém. Todas as noites havia fregueses, e muita gente no sábado. A srta. Amélia começou a servir peixe frito por 15 centavos o prato. O corcunda convenceu-a a comprar uma excelente pianola. Em dois anos, o lugar não era mais um armazém, mas tinha se transformado num verdadeiro café, aberto todos os dias das seis da tarde até a meia-noite.

E todas as noites o corcunda descia as escadas com um ar de quem se tem em grande consideração. Sempre cheirava levemente a nabos verdes, pois a srta. Amélia vivia a entupi-lo de comida da manhã à noite, para que ficasse forte. Estragava-o com mimos, mas nada parecia dar muito certo nele: engordava apenas na corcunda e na cabeçorra, enquanto o resto do corpo continuava débil e disforme. A srta. Amélia tinha a mesma aparência. Durante a semana, continuava a usar botas de borracha e macacão, mas aos domingos enfiava-se num vestido vermelho escuro que lhe caía de maneira peculiar. Seus modos, contudo, e sua maneira de viver tinham se modificado profundamente. Continuava a adorar uma boa briga com a lei, mas já não era tão rápida para exigir do perdedor um pagamento cruel. Como o corcunda era extremamente sociável, ela também começou a sair um pouco: festas religiosas, velórios, coisas assim. Seu "consultório médico" fazia mais sucesso do que nunca, e seu uísque nunca fora tão bom, se é que isso é possível. O próprio café revelou-se um negócio rendoso, e era o único lugar divertido em muitos quilômetros em volta.

Assim, por enquanto, não é necessário conceder àqueles anos mais que uma atenção casual e fragmentada. Ver o corcunda colado aos calcanhares da srta. Amélia numa manhã de inverno, a caminho dos pinheirais; vê-los trabalhando nas terras dela, com o Primo Lymon sentado e sem fazer absolutamente nada, mas atento a qualquer sintoma de preguiça dos trabalhadores. Nas tardes de outono, os dois sentam nos degraus da escada do fundo para chupar cana. Nos dias mais sufocantes de verão, descem até o pântano, onde os ciprestes à beira d'água têm uma cor verde-escura, e há uma luz sonolenta sobre os matagais. Quando o caminho atravessa um riacho ou um charco de água suja, vejam como a srta. Amélia curva-se para que o Primo Lymon suba em suas costas, e vejam como continuam a andar, com o corcunda montado nos ombros dela, agarrado às suas orelhas ou ao seu tronco. Às vezes a srta. Amélia utiliza o Ford que comprou para levar o Primo Lymon ao cinema em Cheehaw ou para ir a alguma feira ou assistir a alguma briga de galos; o corcunda delicia-se apaixonadamente com esses espetáculos. Naturalmente, passavam toda a manhã no café, e conversam durante horas junto à lareira, no andar de cima. O corcunda sofre de terrores noturnos e sente medo de ficar sozinho no escuro. Ele tem um profundo medo da morte. E a srta. Amélia não quer deixá-lo sozinho com seus medos. É bem possível que tenha sido este o motivo da inauguração do café: a companhia agradável ajuda o corcunda a passar melhor a noite. Compostos por esses *flashes*, passaram-se aqueles anos. E, por enquanto, isso é suficiente.

Mas é necessário uma explicação para esse comportamento: chegou o momento de falar de amor. Porque a srta. Amélia amava o Primo Lymon. Isso era evidente para todo mundo. Eles viviam na mesma casa e nunca se separavam. Portanto, segundo a sra. MacPhail (mulher com o nariz bexiguento, atarefada, que vivia mudando os móveis de lugar), segundo ela e algumas amigas, aqueles dois estavam vivendo em pecado. Se eram parentes de verdade, só o eram em segundo ou terceiro grau, e nem sequer isso podia ser provado. Claro que a srta. Amélia era uma mulherona enorme, com mais de 1,80 metro, e o Primo Lymon, um corcundinha frágil que mal batia na cintura dela. Mas essa era mais uma razão para o pecado, segundo a sra. Stumpy MacPhail e suas amigas, que babavam de gozo com relações doentias e monstruosas. — Deixem-nas falar. — As pessoas generosas achavam que, se aqueles dois encontravam alguma satisfação na carne um do outro, isso era assunto que dizia respeito somente a eles e a Deus. Mas todas as pessoas sensatas estavam de acordo ao negar aquela relação. Que tipo de coisa, então, era aquele amor?

Antes de mais nada, o amor é uma experiência conjunta entre duas pessoas, mas o fato de ser uma experiência conjunta não significa que seja uma experiência semelhante para as duas pessoas envolvidas. Há o amante e o amado, e cada um vem de mundos diferentes. Muitas vezes, o amado é apenas um estímulo para todo amor que, até então, permaneceu guardado no amante. E, de alguma forma, todo amante sabe disso. Ele sente em sua alma que o amor é uma coisa solitária. Ele aprende a conhecer uma nova e estranha solidão, e é este conhecimento que o faz sofrer. Portanto, há somente uma coisa que o amante pode fazer. Ele deve abrigar o seu amor dentro de si, da melhor maneira que conseguir; deve criar para si mesmo um mundo interior totalmente novo, um mundo intenso e estranho, completo em si mesmo. É preciso acrescentar que este amante do qual falamos não precisa necessariamente ser um jovem que economiza para comprar um anel de noivado; este amante pode ser homem, mulher, criança, ou qualquer criatura humana nesta terra.

O ser que é amado também deve ser descrito. As pessoas mais inesperadas podem servir de estímulo para o amor. Um homem pode tornar-se um velho caduco e continuar amando somente uma estranha garota que certa tarde viu nas ruas de Cheehaw, duas décadas antes. Um pastor pode amar uma mulher perdida. O ser amado pode ser trapaceiro, estúpido e cheio de maus hábitos. Sim, e o amante verá seus defeitos tão claramente quanto qualquer outra pessoa. Mas isso não afeta a evolução do seu amor. A mais medíocre das pessoas pode ser objeto de um amor selvagem, extravagante e belo como os lírios envenenados do pântano. Um homem bom pode ser o estímulo para um amor violento e degradado, ou um louco furioso pode fazer nascer na alma de alguém um carinho terno e simples. Portanto, o valor e a qualidade de qualquer amor só podem ser determinados pelo próprio amante.

Por essa razão, a maioria de nós prefere amar a ser amada. Quase todas as pessoas querem ser amantes. E a dura verdade é que, secretamente, a condição de ser amado é insuportável para muitos. O amado teme e odeia o amante, e com toda a razão. O amante necessita desesperadamente da relação com o amado, mesmo que essa experiência não lhe cause senão sofrimento.

Já mencionamos antes que a srta. Amélia foi casada certa vez. Esse curioso episódio deve ser lembrado neste momento.

Lembrem-se de que tudo isso aconteceu há muito tempo, e que foi o único contato íntimo da srta. Amélia até a chegada do corcunda trazendo este fenômeno: o amor.

Naquele tempo a cidade era a mesma de agora, exceto por ter duas lojas em vez de três, e pelos pessegueiros ao longo da rua serem mais retorcidos e menores do que agora. A srta. Amélia tinha 19 anos naquela época, e seu pai tinha morrido há muitos meses. Havia, então, na cidade, um mecânico chamado Marvin Macy. Era irmão de Henry Macy, mas não se pareciam em nada. Marvin Macy era o homem mais bonito da região, muito alto, musculoso, com lânguidos olhos cinzentos e cabelos cacheados. Ele ia bem de vida, ganhava bons salários e tinha um relógio de ouro cuja parte de trás abria, deixando ver no fundo a pintura de uma cascata. Do ponto de vista exterior e social, Marvin Macy era um sujeito de sorte: não precisava obedecer às ordens de ninguém e sempre tinha tudo o que desejava. Mas, de um ponto de vista mais sério e profundo, Marvin Macy não era um homem invejável, por causa de seu mau caráter. A reputação dele era pior que a de qualquer outro rapaz da região. Durante anos, quando ainda era garoto, carregava sempre consigo a orelha conservada em salmoura de um homem que havia matado numa briga a navalha. Apenas para se divertir, ele cortava as asas e patinhas das aves nos pinheirais, e tinha sempre no bolso um pouco de maconha, para tentar aqueles que andavam deprimidos, pensando em suicídio. Mesmo apesar de sua reputação, era o ídolo de muitas mulheres da região, entre elas garotas com cabelos sedosos e olhos macios, de ternas curvas doces e maneiras encantadoras. Pois ele degradava e envergonhava todas essas gentis garotas. Até que, finalmente, aos 22 anos, Marvin Macy escolheu a srta. Amélia. Aquela moça solitária, desajeitada, de olhar estranho, era a mulher que ele esperava. E não a queria por causa do dinheiro: estava apaixonado por ela.

E o amor mudou Marvin Macy. Antes de ficar apaixonado pela srta. Amélia, podia-se duvidar que ele tivesse alma e coração. Mas havia explicação para a feiura de seu caráter: Macy tivera uma infância muito dura. Ele fora uma das sete crianças não desejadas por pais que dificilmente poderiam ser chamados de "pais", eram apenas uns jovens selvagens, que gostavam de pescar e vaguear pelo pântano. Cada uma das crianças, e havia uma nova todo ano, significava apenas outro aborrecimento. À noite, quando voltavam para casa, eles olhavam para os filhos como se não soubessem de onde tinham saído. Se as crianças choravam, apanhavam, e a primeira coisa que aprendiam no mundo era a procurar o canto mais escuro da casa para esconder-se bem. Andavam tão magrinhos que pareciam pequenos fantasmas brancos, e não falavam nunca, nem mesmo entre si. Finalmente, foram abandonados pelos pais e entregues à caridade da cidade. Foi um inverno muito duro, com a fábrica fechada durante três meses e muita fome na região. Mas aquela não era uma cidade capaz de permitir que órfãos brancos morressem de fome pelas estradas. E aconteceu o seguinte: o irmão mais velho, que tinha 8 anos, foi para Cheehaw e desapareceu; talvez tivesse tomado um trem para qualquer lugar e caído no mundo, ninguém sabe. Outros quatro deles ficaram vagando pela cidade, passando de uma cozinha para a outra, mas, como eram muito fraquinhos, morreram antes da Páscoa. Os dois últimos eram Marvin Macy e Henry Macy, que encontraram uma casa. Havia na cidade uma boa mulher chamada Mary Hale, que os adotou e criou como se fossem seus próprios filhos. Eles cresceram naquela casa e foram muito bem tratados.

No entanto, os corações das crianças pequenas são órgãos delicados. Um começo cruel neste mundo pode deformá-los de maneiras muito estranhas. O coração de uma criança machucada às vezes pode encolher, tornar-se seco e duro como o caroço de uma fruta. Ou, ao contrário, pode inchar com os ferimentos e tornar-se uma carga pesada dentro do corpo, magoando-se com a mais extrema facilidade. Foi isso o que aconteceu a Henry Macy, que, ao contrário de seu irmão, é o homem mais gentil e sensível da cidade. Divide seu dinheiro com os pobres e antigamente costumava cuidar das crianças cujos pais iam ao café no sábado à noite. Mas ele é uma criatura tímida, qualquer um percebe que é desses homens com o coração inchado e sofrido. Em compensação, Marvin Macy cresceu destemido e cruel. Seu coração tornou-se duro como os chifres do diabo e, até apaixonar-se pela srta. Amélia, não fez mais que criar problemas e envergonhar o irmão e a boa mulher que o criara.

Porém, o amor transformou o caráter de Marvin Macy. Durante dois anos, ele amou a srta. Amélia sem declarar o seu amor. Ficava parado na porta da casa dela, o gorro nas mãos, os olhos de um cinza sombrio úmidos e suplicantes. Mudou completamente seu comportamento. Tornou-se bom para o irmão e a mãe adotiva, aprendeu a economizar e a não esbanjar dinheiro. Mais que tudo, começou a voltar-se para Deus. Já não passava os domingos jogado na frente de casa, tocando violão e cantando: frequentava a igreja e estava presente em todos os acontecimentos religiosos. Aprendeu boas maneiras: levantava-se e oferecia o lugar às senhoras, deixou de falar palavrões, de armar confusão e usar os nomes santos em vão. Passou por essa transformação durante dois anos, provando seu caráter de todas as maneiras. No final desse período, em certo entardecer, foi visitar a srta. Amélia, carregando um buquê de flores do pântano, um pacote de bombons e um anel de prata. Naquela noite, Marvin Macy declarou-se.

A srta. Amélia casou com ele. Mais tarde, todo mundo se perguntou por quê. Alguns disseram que ela queria ganhar presentes de casamento. Outros acreditaram que a culpada era uma tia-avó em Cheehaw, uma velha terrível. De qualquer forma, a srta. Amélia subiu com passos largos os degraus da igreja, usando o vestido de casamento de sua falecida mãe, de seda amarela e muito curto para ela. Era uma tarde de inverno. O sol claro, atravessando os vitrais vermelhos da igreja, jogava sombras estranhas sobre o par em frente ao altar. Enquanto eram lidas as palavras sacramentais, a srta. Amélia ficou repetindo um gesto esquisito: passava a palma da mão direita no lado do vestido de seda amarela. Procurava o bolso do macacão e, como não o encontrava, seu rosto tornava-se impaciente, aborrecido e irritado. Finalmente, quando as orações foram feitas e o casamento consumado, a srta. Amélia saiu quase correndo da igreja, sem dar o braço ao marido, caminhando uns dois passos na frente dele.

A igreja não fica longe do armazém, e os noivos foram a pé para casa. Dizem que, pelo caminho, a srta. Amélia começou a falar sobre um negócio que fizera com um fazendeiro sobre uma carga de lenha. De fato, ela tratava o noivo exatamente da mesma maneira como tratava os fregueses que iam até o armazém comprar alguma coisa. Mas até então estava tudo bem: a cidade estava agradecida, as pessoas tinham visto o que o amor havia feito a Marvin Macy, e esperavam que também conseguisse mudar os hábitos da noiva. Acreditaram que o casamento, no mínimo, fosse capaz de amansar o temperamento da srta. Amélia, que ela engordasse um pouco e se transformasse numa mulher razoável.

Estavam todos errados. Os moleques, que naquela noite ficaram espiando pelas janelas, contaram o que aconteceu. Os noivos comeram um grande jantar preparado por Jeff, o velho negro cozinheiro da srta. Amélia. A noiva repetiu todos os pratos, mas o noivo apenas provou a comida. Então a noiva começou a fazer o que sempre fazia: ler o jornal, terminar um inventário da mercadoria do armazém, coisas assim. O noivo ficou parado na porta com uma cara perdida, desorientada e feliz, sem que ninguém lhe desse atenção. Às onze horas, a noiva pegou uma lamparina e subiu as escadas. O noivo a acompanhou. Até então tudo parecia razoavelmente normal, mas o que aconteceu logo a seguir foi uma coisa dos diabos.

Menos de meia hora depois, a srta. Amélia desabou escada abaixo, de calças e camisa cáqui. Seu rosto estava tão sombrio que ela até parecia negra. Com um soco, ela bateu a porta da cozinha. Depois, tentou controlar-se. Atiçou o fogo, sentou e colocou os pés sobre o fogão. Leu o *Almanaque agrícola*, bebeu café, fumou no cachimbo de seu pai. Aos poucos, seu rosto duro e severo foi voltando à cor natural. Às vezes anotava alguma informação do *Almanaque* num bloco de papel. De madrugada, entrou no escritório e destampou a máquina de escrever, que tinha comprado há pouco e estava aprendendo a usar. Foi assim que ela passou sua noite de núpcias. Ao amanhecer, saiu para o pátio como se nada tivesse acontecido e começou a consertar uma casinha de coelhos que tinha começado na semana anterior e pretendia vender a alguém.

Um recém-casado fica malvisto se não consegue levar sua bem-amada para a cama, ainda mais quando toda a cidade sabe disso. Marvin Macy acordou e desceu de cara amarrada. Só Deus sabe como ele passara a noite. Arrastou-se até o pátio e ficou olhando a srta. Amélia de longe. Perto do meio-dia, teve uma ideia e foi até a cidade. Voltou carregado de presentes: um anel de opala, um medalhão esmaltado de rosa, dos que estavam na moda, uma pulseira de prata com dois corações gravados e uma caixa de bombons que custara 2 dólares e meio. A srta. Amélia não deu muita atenção aos presentes, mas abriu a caixa de bombons: ela estava faminta. Quanto ao resto, calculou por alto quanto tinha custado — e colocou tudo à venda no armazém. A noite foi quase igual à anterior, com a diferença que a srta. Amélia trouxe para baixo seu colchão de penas, colocou-o perto do fogão e dormiu como um anjo.

As coisas continuaram assim durante três dias. A srta. Amélia cuidava dos negócios como sempre, mostrando-se muito interessada nos boatos sobre uma ponte que seria construída na estrada, 15 quilômetros abaixo. Marvin Macy continuava andando atrás dela pela casa, e era visível em seu rosto que estava sofrendo. Então, no quarto dia, ele fez algo extremamente ingênuo: foi até Cheehaw e voltou com um advogado. No escritório da srta. Amélia, assinou um documento cedendo-lhe todos os seus bens no mundo: 10 acres de bosque de boa madeira, que havia comprado com o dinheiro que economizara. Ela estudou cuidadosamente o papel, para certificar-se de que não havia possibilidade de fraude, e guardou-o em silêncio na gaveta da escrivaninha. Naquela tarde, Marvin Macy pegou uma garrafa de uísque e dirigiu-se sozinho para o pântano, enquanto ainda havia sol.

Voltou ao anoitecer, bêbado, olhou para a srta. Amélia com olhos muito úmidos e abertos e colocou a mão no ombro dela. Estava tentando dizer qualquer coisa, mas, antes que abrisse a boca, ela deu-lhe um soco na cara, com tanta força que ele caiu contra a parede e quebrou um dos dentes da frente.

O restante dessa história só pode ser contado em largas pinceladas. Depois do primeiro soco no marido, a srta. Amélia deu muitos outros, toda vez que ele estava por perto, e sempre quando estava bêbado. Finalmente, expulsou-o de casa, e ele foi obrigado a expor publicamente seu sofrimento. Durante o dia, ficava rondando nos limites da propriedade da srta. Amélia e, com um olhar de louco, às vezes pegava o rifle e ficava limpando-o com o olhar fixo na srta. Amélia. Se ela tinha medo, não demonstrava, mas seu rosto parecia mais sombrio, e cuspia muito no chão. A última tentativa maluca dele foi, certa noite, subir na janela do armazém e sentar ali no escuro, sem propósito nenhum, até que ela descesse a escada na manhã seguinte. Isso fez com que a srta. Amélia fosse ao fórum de Cheehaw com a ideia de mandá-lo prender por ameaça. Nesse dia, Marvin Macy deixou a cidade. Ninguém o viu sair nem soube para onde foi. Antes disso, deixou uma longa e estranha carta, metade escrita a lápis, metade a tinta, embaixo da porta da srta. Amélia. Era uma selvagem carta de amor, porém também cheia de ameaças, e ele jurava que voltaria a encontrá-la. O casamento durara dez dias e a cidade inteira sentiu aquela satisfação especial que as pessoas sentem quando alguém passou dificuldades terríveis e escandalosas.

A srta. Amélia ficou com tudo o que pertencia a Marvin Macy: a madeira de seu bosque, seu relógio de ouro, cada uma das posses dele. Mas parecia não dar muita importância a elas, e na primavera cortou a túnica de Ku-Klux-Klan do marido para cobrir uma pequena plantação de fumo. Portanto, Marvin Macy não fez mais do que torná-la ainda mais rica, além de oferecer-lhe inutilmente o seu amor. Mas, embora pareça estranho, ela nunca falava dele sem uma ponta de amargura e terrível desprezo. Jamais se referia a ele pelo nome, chamando-o desdenhosamente de "aquele remendador de máquinas com quem eu me casei".

Mais tarde, quando horríveis rumores sobre Marvin Macy chegaram à cidade, a srta. Amélia ficou muito contente. Liberto de seu amor, o verdadeiro caráter de Marvin Macy finalmente tinha se revelado. Ele tornou-se um criminoso cujo retrato e nome apareciam em todos os jornais do estado. Roubou três postos de gasolina e assaltou com uma espingarda os armazéns A&P de Society City. Era suspeito de ter assassinado Sam-Olho-de-Chinês, um bandido famoso. Todos esses crimes estavam ligados ao nome de Marvin Macy, a ponto de sua maldade tornar-se famosa em vários países. Até que finalmente foi preso, bêbado, jogado no chão de um lugar turístico, com o violão ao lado e 57 dólares no sapato direito. Foi julgado, sentenciado e enviado para a penitenciária perto de Atlanta. A srta. Amélia estava profundamente feliz.

Bem, tudo isso aconteceu há muito tempo, e é a história do casamento da srta. Amélia. A cidade riu durante anos desse caso grotesco. Mas, embora os fatos exteriores desse amor sejam realmente tristes e ridículos, não se deve esquecer que a verdadeira história foi a que aconteceu na alma do próprio amante. Quem, senão Deus, pode ser o juiz final deste ou de qualquer outro amor? Na noite de inauguração do café, houve muita gente que subitamente lembrou-se daquele marido frustrado, jogado no fundo de uma cadeia, muitos quilômetros longe dali. E, nos anos que se seguiram, Marvin Macy não foi esquecido na cidade. Seu nome nunca era mencionado na presença da srta.

Amélia ou do corcunda, mas a lembrança de sua paixão e de seus crimes e o pensamento de que aquele homem cumpria pena na prisão era como um baixo contínuo acompanhando o alegre amor da srta. Amélia e a algazarra do café. Então, não esqueçam o nome de Marvin Macy, pois ele teve um terrível papel na continuação desta história.

Durante os quatro anos nos quais o armazém tornou-se um café, as peças no andar de cima não foram modificadas. Aquela parte da casa continuou exatamente como tinha sido desde sempre na vida da srta. Amélia, desde os tempos de seu pai e, provavelmente, desde os tempos do pai de seu pai. Os três quartos, como se sabe, eram imaculadamente limpos. O menor dos objetos tinha seu lugar exato, e Jeff, o criado da srta. Amélia, limpava tudo a cada manhã. O cômodo da frente pertencia ao Primo Lymon. Era o quarto onde Marvin Macy passara as poucas noites em que fora admitido na casa, e antes havia sido o quarto do pai da srta. Amélia. Estava mobiliado com uma cômoda grande, uma escrivaninha coberta por uma toalha branca de renda e uma mesa de tampo de mármore. A cama era imensa, com desenhos entalhados na madeira rosa-escuro. Tinha dois colchões de penas, almofadas e todo tipo de comodidades. A cama era tão alta que tinha uma pequena escada com dois degraus de madeira. Ninguém jamais usara aquela escada antes, mas o Primo Lymon a retirava todas as noites, depois de subir para o leito. Ao lado da escada, mas puxado discretamente para fora de visão, havia um penico de porcelana chinesa, pintado com rosas vermelhas. Não havia tapetes sobre o chão polido e escuro e as cortinas eram de pano branco, também pintado e bordado.

No outro lado ficava o quarto da srta. Amélia, menor e muito simples. A cama era estreita, feita de pinho. Havia uma cômoda para suas calças, blusas e roupas domingueiras, e ela tinha arranjado uma espécie de forquilha no banheiro, onde guardava suas botas de borracha. Não havia cortinas, tapete nem enfeites de qualquer tipo.

O grande cômodo do meio, a sala, era muito bem arrumado. O sofá de madeira rosada, forrado de seda verde, estava em frente à lareira. As mesas de tampo de mármore, duas máquinas de costura Singer, um vaso enorme com folhas de erva do campo, tudo era rico e vistoso. A peça mais importante dessa mobília era uma vitrine grande, com porta de vidro, onde havia uma porção de relíquias e curiosidades. A srta. Amélia recentemente juntara mais dois objetos àquela coleção: um grande fruto de carvalho e uma caixinha de veludo com duas pedrinhas acinzentadas. Às vezes, quando não tinha nada para fazer, a srta. Amélia pegava essa caixinha de veludo e ficava na janela, com as pedras na palma da mão, olhando para elas com uma mistura de fascínio, respeito dúbio e medo. Eram as pedras renais da própria srta. Amélia, extraídas pelo médico de Cheehaw alguns anos antes. Fora uma terrível experiência, do primeiro ao último minuto, e tudo quanto haviam extraído dela eram essas duas pedrinhas: precisava, portanto, conceder-lhes algum valor extraordinário ou admitir que tinha feito um péssimo negócio. Por isso mesmo as mantivera, mas, no segundo ano em que o Primo Lymon estava com ela, mandou incrustá-las numa pulseira e deu de presente a ele. O outro objeto que juntara à coleção, o grande fruto de carvalho, era precioso para ela, mas sempre que o olhava ficava triste e perplexa.

— Amélia, o que significa isso? — o Primo Lymon perguntou um dia.

— Nada — ela respondeu. — Só uma bolota de carvalho. Só isso. Eu a peguei na tarde em que papai morreu.

— Mas o que significa? — insistiu o Primo Lymon.

— É só uma bolota de carvalho que estava no chão aquele dia. Eu peguei e botei no meu bolso. Mas não sei por quê.

— Bom, essa é uma razão especial para guardá-la — disse o Primo Lymon.

As conversas da srta. Amélia e do Primo Lymon geralmente aconteciam nos cômodos de cima, quase sempre nas primeiras horas da manhã, quando o corcunda não conseguia dormir. A srta. Amélia era uma mulher calada que não se deixava dominar pela língua toda vez que alguma coisa acontecia em sua cabeça. Havia certos assuntos, contudo, nos quais ela sentia enorme prazer. Todos aqueles temas tinham um ponto em comum: eram inesgotáveis. Ela gostava de considerar problemas nos quais pudesse pensar durante décadas, e ainda assim continuavam insolúveis. Por outro lado, o Primo Lymon adorava falar sobre qualquer assunto, porque era um grande tagarela. Mas a maneira de conversar dos dois era diferente. A srta. Amélia sempre se mantinha no campo amplo das generalizações, com a voz baixa e pensativa, sem chegar a lugar algum, enquanto o Primo Lymon podia interrompê-la subitamente para acrescentar algum detalhe que, mesmo sem importância, era sempre algo concreto e com algum aspecto prático. Alguns dos assuntos favoritos da srta. Amélia eram: as estrelas, a razão por que os negros são pretos, a melhor maneira de tratar o câncer, coisas assim. Seu pai era também outro dos temas inesgotáveis, dos mais queridos para ela.

— Ah, Law — ela dizia para Lymon. — Naquele tempo eu dormia tão bem! Ia para cama e, quando as luzes apagavam, eu já estava dormindo. Ah, como dormia bem! Parecia que estava afogada num caldo de melado quente. Então, quando amanhecia, papai entrava no quarto, punha a mão no meu ombro e dizia: "Acorda, pequena." Um pouco mais tarde, a voz dele subia da cozinha: "Milho assado", ele gritava. Ou "costelas de carneiro"; "ovos com presunto." E eu descia correndo as escadas e me vestia ao lado do fogão quente enquanto ele tomava banho lá fora, na bomba. Depois íamos até a destilaria ou, então...

— Os bolos de milho esta manhã não estavam bons — o Primo Lymon dizia. — Pareciam queimados por fora e crus por dentro.

— E quando papai traficava uísque, naquele tempo...

A conversa prolongava-se infinitamente, com as longas pernas da srta. Amélia estiradas diante da lareira, porque havia sempre fogo nela, fosse inverno ou verão, e Lymon era friorento por natureza. Ele se sentava numa cadeira baixa, perto dela, com os pés mal tocando o chão e o peito geralmente bem abrigado por um cobertor ou pelo xale verde. A srta. Amélia nunca falava sobre seu pai com ninguém, exceto o Primo Lymon.

Essa era uma das maneiras como ela demonstrava seu amor por ele. Fizera dele seu confidente nos assuntos mais delicados e vitais. Apenas ele sabia onde a srta. Amélia guardava um mapa em que estava assinalado o lugar onde ela guardara alguns barris de uísque, perto dali. Somente ele tinha acesso aos talões de cheque e à chave da vitrine de relíquias. Tirava dinheiro da caixa registradora, grandes punhados de dinheiro, e gostava do barulho das moedas batendo dentro de seus bolsos. Ele era o dono de quase todas as coisas na casa, porque, sempre que parecia triste, a srta. Amélia procurava alguma coisa para dar-lhe de presente: agora já não havia quase nada que ela pudesse dar a ele. A única parte de sua vida que ela não dividira com o Primo Lymon era a lembrança do seu casamento de dez dias. Marvin Macy era o único assunto que nunca, de forma alguma, fora discutido entre os dois.

Então vamos deixar o tempo passar até uma tarde de sábado, seis anos depois daquela ocasião em que o Primo Lymon chegou à cidade. Era agosto, durante o dia todo o céu estendera-se sobre a cidade como um lençol de fogo. A luminosidade verde do crepúsculo estava próxima, havia uma sensação de repouso no ar. A rua estava atapetada por uma camada de pó dourado, as crianças pequenas corriam meio nuas, gritando e suando, muito inquietas. A fábrica havia fechado ao meio-dia. Na rua principal, as pessoas sentavam nos degraus em frente das casas e as mulheres agitavam os leques de palha. Na fachada da casa da srta. Amélia havia um letreiro onde estava escrito CAFÉ. A varanda dos fundos estava fresca com sombras nas janelas, e lá estava o Primo Lymon sentado com uma máquina de fazer sorvete. De vez em quando metia o dedo entre o sal e o gelo e lambia, para ver como estava indo o trabalho. Jeff trabalhava na cozinha. Naquela manhã, bem cedo, a srta. Amélia tinha colocado um aviso na porta da frente: *"Jantar de galinha, 20 centavos esta noite."* O café já estava aberto, e a srta. Amélia tinha acabado de trabalhar no escritório. Todas as oito mesas estavam ocupadas, e da pianola saía uma melodia estridente.

A um canto, perto da porta, sentado numa mesa com uma criança, estava Henry Macy. Bebia um copo de uísque, o que não era comum, pois a bebida subia-lhe facilmente à cabeça, fazendo-o chorar ou cantar. Tinha o rosto muito pálido, e seu olho esquerdo tremia constantemente num tique nervoso, como costumava acontecer quando ele estava agitado. Entrara no café sorrateiro, silencioso, e quando o cumprimentaram não disse nada. O menino com ele era filho de Horace Wells, e tinham-no trazido aquela manhã até a srta. Amélia para que ela o medicasse.

A srta. Amélia deixou o escritório bem-humorada. Cuidou de alguns detalhes na cozinha e entrou no café com uma coxa de galinha entre os dedos, era o seu pedaço favorito. Olhou em volta, viu que tudo estava em paz e foi para a mesa de Henry Macy. Voltou a cadeira para trás e sentou apoiada no encosto, apenas para matar o tempo enquanto o jantar não estava pronto. No bolso de seu macacão, havia uma garrafa de Kura Krupe: um remédio feito de uísque, pedras de açúcar e um ingrediente secreto. A srta. Amélia destampou a garrafa e colocou-a na boca da criança. Depois voltou-se para Henry Macy e, vendo o tique nervoso no olho dele, perguntou:

— Que é que há com você?

Henry Macy parecia a ponto de dizer alguma coisa complicada, mas, depois de olhar longamente nos olhos da srta. Amélia, engoliu em seco e não disse nada.

A srta. Amélia voltou a seu paciente. Por cima da mesa, só aparecia a cara do menino. A cara dele estava muito vermelha, as pálpebras meio fechadas, a boca entreaberta. Tinha aparecido na nádega dele um caroço grande, duro e inchado, e queriam que a srta. Amélia espremesse aquilo. Mas ela usava um método especial com crianças: não gostava de causar-lhes dor nem de vê-las esperneando, aterrorizadas. Por isso deixou o menino o dia inteiro brincando pela casa, dando-lhe doses frequentes de Kura Krupe. Ao anoitecer, amarrou um guardanapo em volta do pescoço dele e o fez comer um bom jantar. Agora o menino estava sentado na mesa, com a cabeça sacudida por bocejos. De vez em quando suspirava de cansaço.

De repente houve um tumulto no café. A srta. Amélia olhou subitamente em volta. O Primo Lymon tinha chegado. O corcunda cruzou o café como fazia todas as noites e, quando estava exatamente no centro do salão, parou e olhou astutamente em volta, contando os fregueses e avaliando o material emocional que tinha nas mãos aquela noite. O corcunda era um grande armador de confusões. Gostava de emoções fortes e, sem dizer uma palavra, conseguia jogar as pessoas umas contra as outras de maneira fantástica. Fora ele o culpado da briga dos gêmeos Rainey, dois anos antes, por causa de uma navalha, e não dissera uma palavra para qualquer um dos dois. Estava presente na grande briga entre Rip Wellborn e Robert Calvert Hale, e em todas as outras brigas que aconteceram na cidade desde sua chegada. Metia o nariz em toda parte, sabia das maiores intimidades de todo mundo e estava sempre atento a tudo. Apesar disso, por estranho que pareça, o corcunda era o maior responsável pela grande popularidade do café. As coisas nunca eram tão alegres como quando ele estava por perto. Quando ele caminhou pelo salão, houve no ar um rápido sentimento de tensão. Com a presença daquele encrenqueiro, nunca se sabia o que poderia acontecer. As pessoas nunca se sentem tão livres e descompromissadas como quando há alguma possibilidade de comoção ou calamidade em volta. Por isso, quando o corcunda entrou pelo café adentro, todo mundo olhou para ele e ouviu-se um rápido alvoroço de vozes e garrafas sendo abertas.

Lymon estendeu a mão para Stumpy MacPhail, que estava sentado com Merlie Ryan e Henry Ford Crimp.

— Hoje fui pescar no Lago Podre — disse. — No caminho tropecei numa coisa, que primeiro pareceu um grande tronco de árvore caído. Porém, quando pisei na coisa, senti que se movia e, quando olhei outra vez, vi que estava em cima de um crocodilo tão comprido como da porta de entrada daqui até a porta da cozinha, e mais gordo do que um porco.

O corcunda continuou tagarelando. Todo mundo olhava para ele de vez em quando. Alguns ouviam, outros não. Algumas vezes, ele não dizia uma palavra que não fosse mentira ou fanfarronada. E nada do que ele disse aquela noite era verdade. Passara o dia na cama, com a garganta inflamada pelo calor, e só levantara no fim da tarde para mexer na máquina de fazer sorvete. Todos sabiam disso, mas ele prosseguia, no meio do café, contando mentiras capazes de arrebentar os ouvidos de qualquer um.

Com as mãos nos bolsos e a cabeça pendida para um lado, a srta. Amélia o observava. Havia ternura em seus estranhos olhos cinzentos, e ela sorria gentilmente para si mesma. Às vezes, levantava os olhos do corcunda para as outras pessoas do café — então seu olhar era orgulhoso e um tanto ameaçador, como se desafiasse alguém a rir do corcunda e de todas aquela maluquices. Jeff trouxe o jantar e serviu os pratos. Os novos ventiladores elétricos no café davam ao ar um agradável frescor.

— O menino dormiu — disse por fim Henry Macy.

A srta. Amélia baixou os olhos para o paciente. O menino estava com o queixo apoiado na mesa, um pouco de Kura Krupe escorria-lhe no canto da boca. Tinha os olhos semicerrados, e uma pequena família de mosquitos havia se instalado comodamente em suas pálpebras. A srta. Amélia colocou a mão na cabeça dele, depois sacudiu-o com força, mas o paciente não acordou. Então tomou-o nos braços, com cuidado para não tocar na perna machucada, e levou-o para o escritório. Henry Macy entrou atrás dela, e fecharam a porta.

O Primo Lymon estava aborrecido naquela noite. Não havia muita coisa acontecendo, e, apesar do calor, os fregueses do café estavam todos bem-humorados. Henry Ford Crimp e Horace Wells ocupavam a mesa do centro, com os braços em volta um do outro, parecendo divertir-se com uma longa anedota; mas, quando o corcunda se aproximou deles, não achou graça porque tinha perdido o começo da história. A luz da lua iluminava a rua empoeirada, os pessegueiros estavam escuros e parados, pois não havia brisa. O sonolento zumbido dos mosquitos no pântano era como um eco no silêncio da noite. A cidade parecia escura, exceto por uma luz na estrada embaixo, à direita do caminho. Em algum lugar, no escuro, uma mulher cantava com voz alta e selvagem uma melodia sem começo nem fim, feita apenas por três notas que se repetiam sem pausa. O corcunda foi para o terraço, apoiando as costas na porta e olhando a estrada vazia como se estivesse esperando alguém chegar.

Depois de algum tempo, ouviu uns passos atrás dele e uma voz:

— Primo Lymon, o seu jantar está na mesa.

— Não tenho apetite — disse o corcunda, que tinha passado o dia comendo aquela poeira doce. — Estou com um gosto amargo na boca.

— Só um pouquinho — disse a srta. Amélia. — O peito, o fígado e o coração.

Voltaram juntos para o café iluminado, e sentaram com Henry Macy. A mesa deles era a maior do café, com um buquê de lírios do pântano e uma garrafa de Coca-Cola sobre ela. A srta. Amélia terminara o trabalho com o paciente, estava satisfeita consigo mesma. Ouvira-se apenas um choramingar atrás da porta fechada do escritório e, antes que o paciente acordasse aterrorizado, tudo estava terminado. O menino estava agora jogado no ombro do pai, dormindo profundamente, os braços caindo inertes ao longo das costas do pai, o rosto muito vermelho. O pai o estava levando para casa.

Henry Macy continuava silencioso. Comia cuidadosamente, sem fazer barulho. Mas parecia tão ansioso quanto o Primo Lymon, que, depois de dizer que não tinha apetite, devorava um prato atrás do outro. Às vezes Henry Macy olhava para a srta. Amélia, mas logo baixava a vista.

Era uma típica noite de sábado. Um casal de velhos que viera do campo hesitou por um momento na porta de entrada, de mãos dadas, até finalmente decidir-se a entrar. Há tanto tempo viviam juntos, aquele velho casal do campo, que pareciam gêmeos. Eram morenos, enrugados como duas cascas de amendoim. Saíram cedo e, por volta da meia-noite, a maioria dos fregueses também tinha ido embora. Rosser Cline e Merlie Ryan jogavam damas, Stumpy MacPhail estava sentado em frente a uma garrafa de uísque (a mulher dele não admitia bebida em casa), ocupado numa pacífica conversa consigo mesmo. Henry Macy não se decidia a ir embora, e isso não era comum nele, que costumava dormir logo ao anoitecer. A srta. Amélia bocejou sem querer, porque o Primo Lymon estava tão agitado que ela não queria sugerir que já era hora de fechar.

Por fim, à uma hora, Henry Macy olhou para um canto do teto e disse calmamente à srta. Amélia:

— Eu recebi uma carta hoje.

A srta. Amélia não se impressionou com isso, porque ela mesma recebia toda espécie de cartas de negócios e catálogos.

— Recebi uma carta de meu irmão — disse Henry Macy.

O corcunda, que se divertia dando passinhos de ganso pelo café com as mãos cruzadas atrás da cabeça, parou de repente. Ele era rápido para captar qualquer mudança na atmosfera do ambiente. Olhou para cada um dos rostos presentes e esperou.

A srta. Amélia franziu o cenho e apertou o punho direito.

— Que bom para você — ela disse.

— Ele está em liberdade condicional. Saiu da cadeia.

O rosto da srta. Amélia tornou-se sombrio e, apesar do calor daquela noite, ela começou a tremer. Stumpy MacPhail e Marlie Ryan empurraram para o lado o jogo de damas. O café estava muito silencioso.

— Quem? — perguntou o Primo Lymon. Suas grandes orelhas pálidas pareciam ter crescido e inchado. — O quê?

A srta. Amélia bateu as palmas das mãos na mesa.

— Esse Marvin Macy é um... — Mas sua voz enrouqueceu e, depois de alguns momentos, ela disse apenas: — O lugar dele é na cadeia para o resto da vida.

— O que foi que ele fez? — perguntou o Primo Lymon.

Houve um longo silêncio, porque ninguém sabia exatamente como responder a isso.

— Ele assaltou três postos de gasolina — disse Stumpy MacPhail. Mas suas palavras não soavam convincentes, davam a impressão de que havia outros crimes não mencionados.

O corcunda estava impaciente. Não podia suportar que o deixassem por fora de qualquer coisa, principalmente uma grande desgraça. O nome *Marvin Macy* era desconhecido para ele, mas o atormentava como qualquer referência a assuntos sobre os quais os outros sabiam e ele não, como quando falavam da velha serraria que fora desmontada antes de sua chegada, deixavam escapar alguma palavra sobre o pobre Marris Finestein ou recordavam qualquer acontecimento do tempo em que ele não estava ali. Além dessa curiosidade inata, o corcunda tinha um grande interesse por toda a espécie de roubos e crimes. Começou a dar voltas em torno da mesa, repetindo as palavras "liberdade condicional" e "cadeia". Mas, embora perguntasse insistentemente, não conseguiu esclarecer coisa alguma, pois ninguém se atrevia a falar sobre Marvin Macy no café, diante da srta. Amélia.

— A carta não dizia muita coisa — disse Henry Macy. — Ele não contava para onde estava indo.

— Droga! — disse a srta. Amélia, e o rosto dela continuava endurecido e muito sombrio. — Na minha casa é que ele não voltará a colocar seus pés imundos.

Afastou a cadeira para trás, pronta para fechar o café. Pensar em Marvin Macy devia atemorizá-la, porque apanhou a caixa registradora e foi escondê-la na cozinha. Henry Macy saiu para a rua escura. Mas Henry Ford Crimp e Merlie Ryan ainda ficaram algum tempo na varanda. Mais tarde, Merlie Ryan espalhou que tivera uma premonição do que ia acontecer. Ninguém na cidade lhe deu atenção, porque aquele era exatamente o tipo de coisa que Merlie Ryan vivia dizendo. A srta. Amélia e o Primo Lymon ficaram algum tempo conversando na sala. E, quando finalmente o corcunda achou que podia dormir, ela arrumou o mosquiteiro sobre a cama dele e esperou que terminasse suas orações. Então colocou sua enorme camisola, fumou dois cachimbos e só foi dormir depois de um longo tempo.

Aquele outono foi uma época feliz. As colheitas foram boas e, no mercado de Forks Falls, o preço do fumo manteve-se firme naquele ano. Depois de um longo e quente verão, os primeiros dias frescos tinham uma limpa doçura brilhante. Cresciam florzinhas amarelas ao longo das estradas empoeiradas, a cana-de-açúcar estava madura e púrpura. Todos os dias o ônibus vinha de Cheehaw apanhar algumas crianças para a escola, rapazes caçavam raposas no pinheiral, roupas de inverno apareciam estendidas nas cordas fora de casa e as batatas-doces eram cobertas com palha para prevenir os meses frios que chegavam. Ao entardecer, delicadas colunas de fumaça elevavam-se das chaminés, a lua era redonda e laranja no céu de outono. Não há quietude comparável à das primeiras noites frias do ano. Às vezes, tarde da noite, quando não havia vento, podia-se ouvir na cidade o assobio distante e selvagem do trem atravessando Society City em seu caminho para o Norte.

Para a srta. Amélia, esta era uma época de grande atividade. Ela trabalhava desde o nascer do sol até o cair da noite. Construiu para a destilaria um novo condensador, bem maior, e em uma semana fabricou uísque suficiente para afogar toda a região. Quando sua velha mula ficou enjoada de tanto triturar cereais, a srta. Amélia escaldou os tachos e resolveu fazer conservas de pera. Ela aguardava as primeiras geadas, porque tinha comprado três porcos enormes e pretendia fazer assados, salsichas e aproveitar as tripas.

Durante essas semanas, muitas pessoas observaram algo especial na srta. Amélia. Ela ria frequentemente, um riso profundo e sonoro, seu assobio tinha um som melodioso e malandro. Passava o tempo medindo sua força, levantando objetos pesados, apalpando os bíceps com os dedos. Um dia, ela sentou em frente à máquina de escrever e escreveu um conto: uma história na qual havia forasteiros, portas secretas e milhões de dólares. O Primo Lymon estava sempre com ela, agitando as abas do casaco e, quando ela olhava para ele, seu rosto ganhava um brilho macio, e, quando ela dizia seu nome, havia na voz certa entonação amorosa.

Finalmente, chegou a primeira geada. Certa manhã, quando a srta. Amélia levantou, havia flores de gelo nas vidraças, e a geada tinha coberto a grama no pátio. Depois de acender um bom fogo na cozinha, saiu para examinar o dia. O ar estava frio e cortante, o céu verde-pálido sem nuvens. Algumas pessoas começaram a chegar do campo, querendo saber o que a srta. Amélia achava do tempo. Ela decidiu matar o porco mais gordo, e a notícia correu pelos arredores. O porco foi abatido e logo a fumaça começou a subir do fogo de carvão cavado na terra. Espalhou-se pelo pátio um cheiro de sangue quente de porco, um ruído de pessoas e vozes no ar gelado. A srta. Amélia andava de um lado para o outro dando ordens e logo foi feita a maior parte do trabalho.

Naquele dia, ela precisava tratar de alguns negócios particulares em Cheehaw. Então, depois de certificar-se de que tudo estava em ordem, preparou o carro para a viagem. Pediu ao Primo Lymon para ir com ela. Na verdade, pediu sete vezes, mas ele não queria deixar aquela agitação e preferiu ficar. Isso pareceu incomodar a srta. Amélia, que sempre gostava de tê-lo a seu lado, e sentia uma terrível angústia quando precisavam separar-se. Mas, depois de pedir a ele sete vezes, não insistiu mais. Antes de partir, pegou uma vara e traçou uma linha definida em torno do churrasco, aproximadamente 60 centímetros além do fogo, e avisou para ninguém ultrapassar aquele limite. Depois comeu e saiu, pensando em voltar antes do anoitecer.

Não é tão raro que um caminhão ou automóvel passe na estrada ou atravesse a cidade a caminho de Cheehaw ou outros lugares. Todos os anos aparece o arrecadador de impostos, para discutir com pessoas ricas como a srta. Amélia. E, se alguém na cidade, como Merlie Ryan, acredita que poderá comprar um carro a crédito e que pagando 3 dólares ganhará uma fina geladeira como anunciam as vitrines de Cheehaw, então aparece um homem da cidade fazendo todo o tipo de perguntas indiscretas, encontrando problemas e destruindo planos de comprar qualquer coisa. Às vezes, especialmente depois que começaram a trabalhar na estrada de Forks Falls, carros carregando presos cruzam a cidade e frequentemente os motoristas se perdem e param para perguntar onde fica a estrada certa. Assim, no final das tardes, não era nada incomum um caminhão parar no meio da rua próxima ao café da srta. Amélia. Um homem saltou da parte traseira do caminhão, que retomou seu caminho.

O homem parou no meio da rua e olhou em volta. Era alto, de cabelos castanhos curtos cacheados e profundos olhos azuis que se moviam lentamente. Seus lábios vermelhos sorriam esse meio sorriso preguiçoso dos fanfarrões. Ele usava uma camisa vermelha, um cinto largo de couro cru e carregava uma maleta de folha-de-flandres e um violão. A primeira pessoa na cidade que viu o recém-chegado foi o Primo Lymon, que ouvira o ruído do caminhão arrancando e saiu para investigar. O corcunda esticou a cabeça no canto da varanda, sem se mostrar completamente. Ele e o homem olharam um para o outro, e aquele não era o olhar de dois estranhos encontrando-se pela primeira vez e medindo-se rapidamente. Foi um olhar especial que aconteceu entre eles, como o de dois criminosos que se reconhecem. Então o homem de camisa vermelha sacudiu o ombro esquerdo e se foi. O rosto do corcunda ficou muito pálido quando observou o homem descer a rua e, depois de alguns momentos, começou a segui-lo cuidadosamente, mantendo alguns passos de distância.

Imediatamente, todos souberam na cidade que Marvin Macy tinha voltado. Primeiro, ele foi à fábrica de algodão, apoiou preguiçosamente os cotovelos na janela e olhou para dentro. Como todos os vagabundos, gostava de olhar os outros trabalharem. Uma espécie de confusão e espanto tomou conta da fábrica. Os encarregados das tinturas deixaram as tintas fumegando, os fiandeiros e tecedores esqueceram suas máquinas, e até mesmo Stumpy MacPhail, que era o chefe, não sabia exatamente o que fazer. Marvin Macy continuava a sorrir seu meio-sorriso úmido e, quando viu seu irmão, a expressão petulante não se modificou. Depois de olhar a fábrica, Marvin Macy foi até a casa onde fora criado e deixou a maleta e o violão na porta de entrada. Então caminhou até a caixa d'água, olhou a igreja, as três lojas e o resto do lugar. O corcunda o seguia silenciosamente, de alguma distância, as mãos nos bolsos. Seu pequeno rosto continuava muito pálido.

Entardeceu. O sol vermelho de inverno ia caindo, nas bandas do Oeste o céu tinha se tornado profundamente dourado e carmim. Os pássaros voltavam a seus ninhos e as luzes foram acesas. De vez em quando, sentia-se o cheiro de fumaça e o cheiro denso e quente da carne do porco que estava sendo assado no pátio do café. Depois de dar a volta na cidade, Marvin Macy parou em frente à propriedade da srta. Amélia e leu o letreiro sobre a varanda. Então, sem hesitar, caminhou pela entrada lateral. Nesse momento, ouviu-se o apito agudo e solitário da fábrica, concluindo mais um dia de trabalho. Pouco depois, além de Marvin Macy, outros homens estavam reunidos no fundo do café da srta. Amélia: Henry Ford Crimp, Merlie Ryan, Stumpy MacPhail, algumas crianças e pessoas que paravam perto da propriedade, olhando para dentro.

Muito pouco foi dito. Marvin Macy ficou parado de um lado da fogueira e o restante das pessoas reunidas do outro lado. Afastado de todos, o Primo Lymon não tirava os olhos do rosto de Marvin Macy.

— O tempo que você passou na cadeia foi bom? — perguntou Merlie Ryan, com um risinho idiota.

Marvin Macy não respondeu. Tirou do bolso de trás uma grande navalha, abriu-a lentamente e começou a afiar a lâmina nos fundilhos da calça. Merlie Ryan ficou subitamente muito quieto, e foi colocar-se atrás dos ombros largos de Stumpy MacPhail.

A srta. Amélia não voltou para casa antes do anoitecer. As pessoas ouviram o ruído de seu automóvel quando ela ainda estava longe, depois a batida da porta e um barulho irregular, como se alguém estivesse subindo as escadas da frente. O sol tinha desaparecido, deixando no ar aquela névoa azulada das noites do começo do inverno. A srta. Amélia desceu vagarosamente os degraus atrás da casa, e o grupo no pátio esperou em silêncio. Poucas pessoas no mundo eram capazes de enfrentar a srta. Amélia, e ela odiava Marvin Macy de uma maneira especial e feroz. Todos esperaram que começasse a vociferar, pegasse algum objeto perigoso e o expulsasse para fora da cidade. Mas ela não viu logo Marvin Macy, e seu rosto tinha aquela natural expressão sonhadora de quando voltava para casa depois de uma pequena ausência.

A srta. Amélia deve ter visto ao mesmo tempo Marvin Macy e o Primo Lymon. Ela olhou de um para o outro, mas não foi no ex-presidiário que finalmente fixou seu olhar de assombro. Ela, e todos os outros, ficaram olhando para o Primo Lymon, e ele era digno de ser olhado.

O corcunda estava parado junto ao fogo, seu rosto pálido iluminado pelas chamas suaves. O Primo Lymon possuía uma habilidade muito peculiar, que utilizava quando queria chamar a atenção de alguém. Ficava muito quieto e, com uma pequena concentração, era capaz de mover suas enormes orelhas pálidas com uma rapidez e facilidade maravilhosas. Era o truque que sempre usava quando queria obter algo especial da srta. Amélia, e para ela era irresistível. Agora, as orelhas do corcunda giravam furiosamente em sua cabeça, mas não era para a srta. Amélia que olhava desta vez. O corcunda sorria para Marvin Macy com um olhar de súplica que estava perto do desespero. No começo Marvin Macy não deu atenção a ele, e quando finalmente o olhou foi sem nenhum entusiasmo.

— Que doença tem esse idiota? — perguntou, apontando-o rudemente com o polegar.

Ninguém respondeu. Vendo que não conseguia nada com aquela gracinha, o Primo Lymon procurou novos métodos de persuasão. Começou a mover rapidamente as pálpebras, como se fossem pálidas borboletas aprisionadas nas suas órbitas. Deslizou os pés no chão, gesticulou com os braços e, finalmente, iniciou uma dança que mais parecia uma cavalgada. Na última claridade da tarde de inverno, parecia o filho de algum duende de pântano.

De todos os que estavam no pátio, Marvin Macy foi o único que não se impressionou.

— Será que o anão está tendo um ataque? — perguntou. Como ninguém respondeu, aproximou-se e deu-lhe um golpe no lado da cabeça. O corcunda cambaleou, depois caiu no chão. Ficou sentado onde tinha caído, olhando para Marvin Macy e, com grande esforço, suas orelhas ainda conseguiam abanar num débil movimento.

Agora todo mundo olhava a srta. Amélia para ver o que ela faria. Durante todos aqueles anos, ninguém se atrevera a tocar num fio de cabelo do Primo Lymon, embora muitos tivessem vontade de fazê-lo. Se alguém ousasse falar rudemente com o corcunda, a srta. Amélia cortava o crédito desse malvado mortal e descobria maneiras de tornar sua vida impossível por muito tempo. Não surpreenderia a ninguém, portanto, que a srta. Amélia apanhasse uma tora de madeira para abrir a cabeça de Marvin Macy. Mas ela não fez nada disso.

Havia ocasiões em que a srta. Amélia parecia cair numa espécie de transe, e geralmente todos sabiam e compreendiam a causa desses transes. A srta. Amélia era um médico escrupuloso, e não apanhava raízes de pântano ou outros ingredientes desconhecidos para experimentar no primeiro que aparecesse: sempre que inventava um novo remédio, ela primeiro experimentava em si própria. Tomava uma dose enorme dele e passava o dia seguinte indo e vindo do café até a latrina com ar pensativo. Muitas vezes, quando havia uma repentina epidemia de gripe, ela ficava muito tempo parada, os punhos fechados, olhando para o chão. Estava tentando descobrir que órgão fora afetado e que tipo de dor o novo remédio seria capaz de aliviar melhor. Agora, enquanto olhava para o corcunda e Marvin Macy, seu rosto tinha a mesma expressão tensa, como se procurasse localizar alguma dor interna, embora não tivesse tomado nenhum remédio novo naquele dia.

— Assim esse idiota aprende — disse Marvin Macy.

Com um movimento de cabeça, Henry Macy jogou para trás uma mecha de seus cabelos grisalhos e tossiu nervosamente. Stumpy MacPhail e Merlie Ryan arrastaram os pés, e as crianças e os negros que estavam na entrada do pátio não fizeram nenhum ruído. Marvin Macy apertou a navalha que tinha na mão e, depois de olhar em volta sem medo algum, saiu do pátio com seu andar gingado. O carvão da fogueira transformava-se em cinza, a noite tinha caído.

Assim foi a volta de Marvin Macy. Nenhuma alma vivente na cidade alegrou-se em vê-lo. Mesmo a senhora Mary Hale, que era uma boa mulher e o criara com amor e cuidado, ao vê-lo, deixou cair a velha frigideira que tinha nas mãos e começou a chorar. Mas nada era capaz de perturbar Marvin Macy. Ele sentou nos degraus do fundo da casa de Mary Hale, tocando preguiçosamente o violão e, quando o jantar ficou pronto, enxotou as crianças que se haviam juntado e serviu-se de um prato cheio, embora houvesse broas de milho e carne apenas suficientes para todos. Depois de comer, instalou-se no melhor e mais quente canto do quarto da frente e não teve nenhum pesadelo.

A srta. Amélia não abriu o café naquela noite. Fechou as portas e janelas com muito cuidado, sem que ninguém a visse ou ao Primo Lymon e deixou um lampião aceso a noite toda no quarto.

Como era de se esperar, desde o começo, Marvin Macy trouxe azar. No dia seguinte, o tempo mudou de repente e começou a fazer calor. De manhã bem cedo, já havia um mormaço pegajoso na atmosfera, o vento trazia o cheiro pútrido do pântano e nuvens de mosquitos cobriam o reservatório de água do moinho. Era um calor inesperado, pior que o de agosto, e causou muitos prejuízos. Todo mundo que tinha um porco imitara a srta. Amélia e o matara na véspera. Como seria possível manter a carne fresca com um tempo desses? Depois de alguns dias, havia no ar um cheiro de carne assada, e um clima de mau humor geral. Pior ainda, durante uma reunião de família perto de Forks Falls, comeram porco assado e morreram todos. Claro que a carne estava podre, e como saber se o restante da carne estava boa ou não? As pessoas pareciam indecisas entre provar as delícias da carne de porco e o medo da morte. Foram dias de ruína e confusão.

A causa de tudo, Marvin Macy, não tinha vergonha. Era visto por toda parte. Durante as horas de trabalho, transitava em volta da fábrica, espiando pelas janelas; aos domingos, vestia sua camisa vermelha e exibia-se na rua principal com o violão. Continuava bonito com seus cabelos castanhos, os lábios vermelhos e aqueles ombros largos e fortes, mas sua maldade já era por demais conhecida para que aquela boa aparência ajudasse em alguma coisa. E essa maldade não era medida apenas pelos crimes que cometera. Na verdade, tinha mesmo roubado aquelas bombas de gasolina. E, antes, arruinara a vida das mais tenras mocinhas da região, para depois rir disso. Um grande número de coisas ruins poderia ser enumerado contra ele, mas além desses crimes havia em Marvin Macy uma maldade secreta que se desprendia dele, quase como um cheiro. Outra coisa: ele nunca suava, nem mesmo em agosto, e esse certamente era um sinal que devia ser levado em consideração.

Agora, na cidade, parecia que ele tinha se tornado mais perigoso do que nunca, como se na penitenciária de Atlanta tivesse aprendido métodos mais charmosos. Caso contrário, como poderia ser explicada sua influência sobre o Primo Lymon? Desde que vira Marvin Macy pela primeira vez, o corcunda parecia possuído por um espírito sobrenatural. A todo instante ele queria estar ao lado daquele presidiário, inventando truques tolos para chamar-lhe a atenção. Marvin Macy continuava a tratá-lo brutalmente, ou não lhe dava a menor atenção. Às vezes o corcunda dava-se por vencido, empoleirava-se no corrimão da varanda da frente como um pássaro doente pousado numa linha telefônica e sofria publicamente.

— Mas por quê? — a srta. Amélia perguntava-se, olhando-o com seus olhos cinzentos e estrábicos, os punhos fechados.

— Oh, Marvin Macy... — gemia o corcunda, e o som daquele nome era suficiente para alterar o ritmos de seus soluços, fazendo-o arquejar. — Ele esteve em Atlanta.

A srta. Amélia movia a cabeça, com o rosto sombrio e endurecido. Para começo de conversa, ela não tinha paciência com qualquer tipo de viagem: desprezava essas pessoas preguiçosas que haviam estado em Atlanta ou viajado 80 quilômetros só para ver o oceano.

— Ter estado em Atlanta não é nada de mais.

— Ele esteve na cadeia — dizia o corcunda, morto de inveja.

Como é possível discutir com alguém que inveja esse tipo de coisa? Em sua perplexidade, a srta. Amélia não parecia muito segura do que dizia:

— Ter estado na cadeia, Primo Lymon? Bem, isso não é coisa para ninguém vangloriar-se.

Durante essas semanas, a srta. Amélia foi atentamente observada por todo mundo. Parecia meio ausente, o rosto remoto, como se tivesse caído num daqueles transes gripais. Por alguma razão, desde o dia em que Marvin Macy chegara, ela deixou de usar o macacão e estava sempre com aquele vestido vermelho que antes reservava para os domingos, os funerais e as sessões no tribunal. À medida que as semanas passavam, começou a tomar algumas atitudes para clarear a situação. Mas era difícil compreender sua maneira de agir. Se era doloroso para ela ver o Primo Lymon seguir Marvin Macy por toda a cidade, por que não esclarecia as coisas de uma vez para sempre, dizendo ao corcunda que, se ele continuasse a agir assim, podia dar o fora de sua propriedade? Isso teria sido muito simples, e o Primo Lymon teria de submeter-se, se não quisesse voltar à triste condição de perdido no mundo. Mas a srta. Amélia parecia ter perdido seu poder: pela primeira vez na vida, não sabia ao certo que caminho tomar. Então, como a maioria das pessoas indecisas, fez a pior coisa possível: tomou vários caminhos ao mesmo tempo, cada um deles o contrário do outro.

Como de costume, o café continuava aberto todas as noites e, estranhamente, quando Marvin Macy entrava gingando pela porta, com o corcunda nos seus calcanhares, ela não o expulsava. Chegava até a servir-lhe drinques de graça, sorrindo para ele de maneira estranha e enviesada. Ao mesmo tempo, armou uma terrível armadilha para ele no pântano, que certamente o teria matado, se ele tivesse caído. Deixou o Primo Lymon convidá-lo para jantar no domingo, mas tentou passar uma rasteira em Marvin Macy quando ele descia as escadas. Depois, começou uma verdadeira campanha de prazeres para o Primo Lymon: fazia exaustivas viagens para ver os mais diversos espetáculos em lugares distantes, dirigindo o carro 50 quilômetros até Chautauqua, levando-o a Forks Falls para assistir a um desfile. Para a srta. Amélia, aquele tempo foi de enlouquecer. Na opinião da maioria das pessoas, ela estava fazendo um papel ridículo, e todo mundo esperava para ver no que ia dar aquilo.

O frio voltou, o inverno invadiu a cidade, a noite chegava antes que acabasse o trabalho na fábrica. As crianças dormiam com montes de roupas, as mulheres levantavam as saias para aquecer-se sonhadoramente junto ao fogo. Depois das chuvas, o barro das ruas formava duros sulcos gelados, as luzes dos lampiões tremulavam através das janelas das casas, os pessegueiros estavam esqueléticos e desfolhados. Nas noites escuras e silenciosas de inverno, o café era o centro quente da cidade, com as luzes tão brilhantes que podiam ser vistas a meio quilômetro. O grande fogão de ferro ardia nos fundos do salão, estalava, incandescia. A srta. Amélia tinha feito cortinas vermelhas para as janelas, e comprara de um viajante um grande buquê de rosas de papel que pareciam verdadeiras.

Mas não era só o calor, a decoração e a iluminação que faziam o café ser o que era. Havia uma razão mais profunda para que o café fosse tão precioso para aquela cidade. E essa razão mais profunda tinha a ver com certo orgulho que, até então, fora desconhecido naquelas bandas. Para compreender esse novo orgulho é preciso ter em mente o pouco valor da vida humana. Havia sempre um monte de gente esperando em volta da fábrica, mas as famílias quase nunca tinham carne suficiente, nem toucinho, nem roupas. A vida às vezes podia tornar-se apenas uma longa disputa, apenas para conseguir as coisas de que se necessita para viver. E esse é o ponto confuso: todas as coisas úteis têm um preço e são compradas com dinheiro, assim é organizado o mundo. Ninguém para para pensar quanto custa um saco de algodão ou um quilo de mel. Mas a vida humana não tem preço: ela foi dada de graça, e é levada sem pagamento. Qual é, então, o seu valor? Quando se pensa nisso, parece que a vida tem pouco ou nenhum. Muitas vezes, então, quando a gente se esforça e sua e, mesmo assim, as coisas não melhoram, acontece na alma um profundo sentimento de que a vida, afinal, não vale mesmo grande coisa.

Mas o novo orgulho que o café trouxe para a cidade fazia-se sentir em todos, até mesmo nas crianças. Pois para frequentá-lo não era necessário pagar um jantar ou uma dose de uísque: havia garrafas de refresco por um níquel e, se alguém não gostasse disso, a srta. Amélia tinha um suco de cereja que custava só um *penny* a garrafa, tinha a cor rosada e era muito doce. Quase todo mundo, à exceção do reverendo T.M. Willin, ia ao café pelo menos uma vez por semana. As crianças adoram dormir nas casas dos outros e comer com os vizinhos. Nessas ocasiões, comportam-se com decência e orgulho. O povo da cidade tinha essa espécie de orgulho quando sentava nas mesas do café. Tomavam banho antes de ir para o estabelecimento da srta. Amélia, limpavam os sapatos e pareciam muito dignos quando entravam no café. E lá, por algumas horas, era possível esquecer esse profundo e amargo sentimento de não valer grande coisa no mundo.

O café era um refúgio especial para os solteiros, os infelizes e os tísicos. E aqui deve-se mencionar que havia algumas razões para suspeitar que o Primo Lymon fosse tísico. O brilho de seus olhos acinzentados, sua insistência, sua tagarelice e sua tosse — esses eram os sinais. Além disso, há uma suposição geral que costuma estabelecer certa relação entre uma espinha torcida e a tísica. Mas, se alguém falasse nesse assunto com a srta. Amélia, ela ficava furiosa: negava aqueles sintomas com obstinada veemência, mas, às escondidas, tratava o Primo Lymon com emplastros para o peito, Kura Krupe e coisas assim. Naquele inverno, a tosse do corcunda piorou, e às vezes, mesmo nos dias mais frios, ele punha-se a suar abundantemente. Mas nada disso o impedia de andar sempre grudado a Marvin Macy.

Todos os dias, de manhã bem cedo, ele saía para ir até a porta dos fundos da casa da sra. Hale, e esperava e esperava, pois Marvin Macy era um dorminhoco preguiçoso. O corcunda ficava parado ali e o chamava mansamente. Sua voz era igual, às vezes, às das crianças quando se agacham pacientemente junto aos agulheiros das estradas, onde vivem esses insetos que se alimentam de pulgões, e cutucam o esconderijo com uma palha, cantando melancolicamente:

"Joaninha, joaninha,
vai para casa voando.
Joaninha, joaninha,
vai embora, vai embora.
A tua casa pegou fogo,
teus filhos estão queimando."

Com essa voz ao mesmo tempo triste, insinuante e resignada, todas as manhãs o corcunda chamava por Marvin Macy. E quando Marvin Macy saía, ele o seguia por toda a cidade, e às vezes passavam horas inteiras juntos no pântano.

E a srta. Amélia continuava a fazer as piores coisas possíveis: ou seja, tomando vários caminhos ao mesmo tempo. Quando o Primo Lymon saía, ela não o chamava de volta, apenas ficava parada no meio da rua, olhando solitariamente até que ele desaparecesse. Quase todas as noites o corcunda voltava acompanhado de Marvin Macy, e a srta. Amélia sentava com os dois para jantar. Abria conservas de pera, preparava uma boa refeição com presunto ou galinha, grandes tigelas de mingau de milho, cereais de inverno.

É verdade que, certa vez, a srta. Amélia tentou envenenar Marvin Macy, mas houve uma confusão, os pratos foram trocados e coube a ela a porção envenenada. De saída não percebeu, mas notou um sabor amargo na comida, e naquele dia não jantou. Ficou largada na cadeira, apalpando os músculos e olhando para Marvin Macy.

Todas as noites Marvin Macy vinha ao café e sentava na maior e melhor mesa, a única do centro do salão. O Primo Lymon servia-lhe uísque, pelo qual ele não pagava um tostão. Marvin Macy afastava o corcunda como se fosse um mosquito do pântano, e não só não demonstrava gratidão por esses favores como ainda batia no corcunda quando este se aproximava demais, ou dizia:

— Saia do meu caminho, idiota, ou arrebento a sua cabeça.

Quando isso acontecia, a srta. Amélia saía de trás do balcão e aproximava-se muito vagarosamente de Marvin Macy, os punhos cerrados, o esquisito vestido vermelho batendo nos joelhos ossudos. Marvin Macy também fechava os punhos e os dois começavam a andar lenta e ameaçadoramente em volta um do outro. Mas, embora todos prendessem a respiração, nunca iam além disso. Ainda não havia chegado a hora da luta.

Naquele inverno, aconteceu algo tão extraordinário que todos ainda lembram e comentam. Uma coisa realmente fantástica aconteceu. No dia 2 de janeiro, quando as pessoas acordaram, o mundo inteiro em volta delas tinha mudado. As crianças inocentes olharam pelas janelas, e ficaram tão assustadas que começaram a chorar. Os velhos revolveram suas memórias, mas não conseguiram lembrar de outro fenômeno igual. Durante a noite, tinha nevado. Durante as horas escuras depois da meia-noite, os suaves flocos de neve caíram sem parar sobre a cidade. Pela manhã, todo o campo estava coberto por aquela neve estranha que emoldurava os vitrais coloridos da igreja e branqueava os telhados das casas. A neve dava à cidade uma aparência desolada, submersa. As casas de duas peças perto da fábrica pareciam sujas, arruinadas, prestes a desabar, e tudo parecia mais escuro e miserável. Mas a própria neve, esta tinha uma beleza que poucas pessoas jamais haviam visto antes. A neve não era branca, como diziam os nortistas, havia nela tons macios de azul e prata, o céu ganhara uma luminosa tonalidade cinza. E aquela sonhadora calma da neve caindo. Quando a cidade tivera tanto silêncio?

As pessoas reagiram à neve de várias maneiras. Ao olhar pela janela, a srta. Amélia mexeu os dedos dos pés descalços e levantou a gola do camisolão para abrigar bem o pescoço. Ficou parada ali por algum tempo, depois começou a fechar as persianas e a olhar cada uma das janelas da casa. Fechou-a completamente, acendeu os lampiões, sentou solenemente à frente de uma tigela de aveia. A razão disso não era que a srta. Amélia tivesse medo da neve. Simplesmente, ela não era capaz de formar uma opinião imediata sobre esse novo acontecimento, e, quando não sabia exata e definitivamente o que pensar sobre algum assunto (o que acontecia com frequência), preferia ignorá-lo. A neve jamais caíra naquela região durante toda a sua vida, portanto ela nunca tinha pensado sobre isso. Mas se ela admitia que tinha nevado, teria de tomar alguma atitude, e naqueles dias já havia perturbações demais em sua vida. Assim, ficou andando pela casa iluminada, fingindo que nada tinha acontecido. O Primo Lymon, ao contrário, ficou alvoroçadíssimo, e quando a srta. Amélia deu as costas para preparar a comida dele, saiu correndo porta afora.

Marvin Macy ficou muito exibido com a neve. Disse que já a conhecia de Atlanta, e, pelo jeito de ele caminhar pela cidade naquele dia, era como se fosse o dono de cada um dos flocos de neve. Zombou das crianças que espiavam timidamente nas portas das casas, apanhou punhados de neve nas mãos enormes e convidou-as a provar. O reverendo Willin caminhava rua abaixo com uma cara feroz, porque pensava profundamente numa maneira de encaixar a neve no sermão dominical. A maioria das pessoas estava encantada e agradecida com aquela maravilha, falavam em voz baixa e diziam "obrigado" e "por favor" mais do que de costume. Claro que algumas almas fracas ficaram perturbadas e se embriagaram, mas não foram muitas. Para todo mundo aquela era uma ocasião especial, e muitos contaram seu tostões, planejando ir ao café naquela noite.

O Primo Lymon seguiu Marvin Macy o dia inteiro, fazendo coro às declarações dele sobre a neve. Estava maravilhado de que a neve não caísse como a chuva, e ficou com a cabeça levantada, acompanhando a queda suave dos flocos até ficar tonto e cambalear. E que orgulho sentiu, assim atrelado à glória de Marvin Macy, a tal ponto que algumas pessoas não resistiram e gritaram para ele:

— Oh — disse a mosca presa na roda da carroça —, que poeira nós estamos levantando!

A srta. Amélia não pretendia servir jantar. Mas quando, às seis da tarde, ouviu o ruído de passos na varanda, abriu a porta cautelosamente. Era Henry Ford Crimp e, embora não houvesse nada para comer, deixou-o sentar numa mesa e serviu-lhe um drinque. Chegaram outras pessoas. A tarde estava azul, cortante, e embora tivesse parado de nevar, soprava dos pinheirais um vento que levantava delicados redemoinhos no chão. O Primo Lymon não chegou antes da noite. E com ele vinha Marvin Macy, carregando sua maleta e o violão.

— Você vai viajar? — perguntou a srta. Amélia, rápida.

Marvin Macy foi esquentar-se no fogão. Depois sentou-se na mesa de sempre, e começou a fazer calmamente a ponta de um palito. Em seguida, palitou os dentes, tirando às vezes o palito da boca para limpar na ponta na manga do casaco. Não se deu o trabalho de responder.

O corcunda olhou para a srta. Amélia, que estava atrás do balcão. Não parecia preocupado, mas, ao contrário, muito seguro de si. Cruzou as mãos nas costas e levantou, confiante, as orelhas de abano. Estava com as bochechas vermelhas, os olhos brilhantes, as roupas completamente molhadas.

— Marvin Macy vai ficar conosco — disse.

A srta. Amélia não respondeu. Apenas saiu de trás do balcão e caminhou até o fogão, como se a notícia tivesse lhe causado um súbito frio. Ela não costumava aquecer discretamente o traseiro, levantando uma ponta da saia, como a maioria das mulheres fazia em público. Não havia nada de discreto na srta. Amélia, e frequentemente ela parecia esquecer que havia homens no salão. Levantou tanto o vestido vermelho, que quem quisesse se dar o trabalho de espiar poderia ver um bom pedaço de sua coxa musculosa e peluda. Sua cabeça estava inclinada para um lado, e começou a falar sozinha, franzindo o cenho, sacudindo a cabeça. Havia um tom de acusação e reprovação na sua voz, embora não se pudessem ouvir as palavras. Enquanto isso, o corcunda e Marvin Macy tinham subido para o andar de cima, onde estavam os tesouros e as duas máquinas de costura, nos quartos privados onde a srta. Amélia tinha vivido toda a sua vida. Do café podia-se ouvir os passos deles, Marvin Macy instalando-se e abrindo sua maleta.

Foi assim que Marvin Macy introduziu-se de novo na casa da srta. Amélia. No começo, o Primo Lymon, que havia cedido a Marvin Macy o próprio quarto, dormia no sofá da sala. Mas a neve lhe fizera mal: a tosse transformou-se em angina, e a srta. Amélia cedeu-lhe a cama dela. O sofá da sala era muito pequeno para ela, os pés ficavam sobrando e muitas vezes ela caía no chão durante o sono. Talvez tenha sido a falta de sono que turvou sua inteligência: tudo o que tentava contra Marvin Macy voltava-se contra si mesma. Caía nas próprias armadilhas, armava para si mesma situações bastante complicadas. Mesmo assim, não expulsava Marvin Macy de casa, como se tivesse medo de ficar sozinha. Quando se viveu com alguém, é uma grande tortura voltar a viver só. O silêncio de um quarto onde arde um fogo, quando de repente para o tiquetaque do relógio, as sombras nervosas de uma casa vazia... É melhor cair nas mãos do pior inimigo do que enfrentar o terror de viver só.

A neve durou pouco. Saiu o sol, e antes de dois dias a cidade voltou a ser como sempre fora antes. A srta. Amélia não abriu a casa antes que derretesse o último floco. Começou então uma faxina geral e colocou tudo para tomar sol. Mas, antes de fazer isso, a primeira coisa que realmente fez quando voltou ao pátio foi amarrar uma corda no galho mais forte de uma cerejeira da China. Na extremidade da corda prendeu um saco cheio de areia. Era o saco-de-pancadas para os treinamentos de boxe que passou a fazer no pátio todas as manhãs. E era uma boa lutadora, um pouco pesada nas pernas, mas, em compensação, grande conhecedora de todas as manhas e truques do boxe.

A srta. Amélia, como se sabe, tinha mais de 1,80 metro de altura. Marvin Macy era só um pouco mais baixo que ela. No peso, estavam empatados, cada um com mais de 80 quilos. Marvin Macy tinha a vantagem dos movimentos furtivos, a dureza do peito. A primeira vista, poderia ser apontado como favorito. Mas quase todo mundo na cidade apostou na srta. Amélia; raros colocaram dinheiro em Marvin Macy. A cidade lembrava bem da grande luta entre a srta. Amélia e um advogado de Forks Falls que tentara enganá-la. Era um homenzarrão, mas estava meio morto quando ela terminou com ele. E não era apenas seu talento como boxeadora que impressionava todo mundo: ela conseguia desmoralizar o adversário fazendo caras terríveis e emitindo grunhidos tão impressionantes que até os espectadores se assustavam. Era valente e treinava aplicadamente no seu saco de pancadas, e neste caso estava coberta de razão. Assim, os vizinhos confiavam nela e esperavam que ganhasse. Claro que não havia data marcada para a luta. Havia apenas aqueles sinais, mas tão claros que ninguém poderia ignorá-los.

Durante aqueles dias, o corcunda andava muito contente, com uma expressão maligna no rosto. De muitas maneiras sutis, mas bastante claras, ele envenenava a relação dos outros dois. Para chamar a atenção de Marvin Macy, estava sempre tirando coisas dos bolsos dele. Às vezes seguia os passos da srta. Amélia, mas ultimamente apenas para imitar suas passadas desajeitadas: envesgava os olhos, imitava os gestos dela de um jeito tão horrível que fazia a srta. Amélia parecer um monstro. Havia algo tão terrível naquela mímica que mesmo os mais tolos frequentadores do café, como Merlie Ryan, não achavam a menor graça. Somente Marvin Macy é que torcia a boca para a esquerda, como se cacarejasse. Quando isso acontecia, a srta. Amélia sentia-se dividida entre duas emoções. Olhava para o corcunda com um olhar perdido de desanimada reprovação, depois olhava para Marvin Macy com os dentes rangendo.

— Vou arrebentar as tripas dele! — dizia, furiosa.

Marvin Macy, então, apanhava o violão que estava na cadeira em frente. Sua voz era úmida e pegajosa, como se tivesse saliva demais na boca. E as músicas que cantava escorriam vagarosamente de sua garganta, feito enguias. Seus dedos fortes beliscavam as cordas com suave destreza, e tudo o que ele cantava era sedutor e exasperante. Isso era mais do que a srta. Amélia poderia suportar.

— Vou arrebentar suas tripas! — ela repetia, aos gritos.

Mas Marvin Macy sempre tinha uma resposta pronta para ela.

Colocava as mãos sobre as cordas para abafar os últimos sons que continuavam vibrando, e replicava com macia e deliberada insolência:

— Todo o mal que você me deseja acontecerá a você mesma. Ha! Ha!

A srta. Amélia sentia-se completamente desamparada, porque ainda não haviam inventado escapatória para essa artimanha. Ela não podia gritar-lhe insultos, porque eles se voltariam contra ela: ele a havia apanhado, não havia nada que ela pudesse fazer.

Assim andavam as coisas. Ninguém sabia o que acontecia entre aqueles três durante as noites no andar de cima. Mas o café ficava cada vez mais concorrido, e novas mesas precisaram ser colocadas. Até o Eremita, um homem louco chamado Rainer Smith, que vivia há anos no pântano, ouviu falar nas novidades e, certa noite, ficou observando pela janela a reunião no café iluminado. O momento culminante de cada noite era quando a srta. Amélia e Marvin Macy cerravam os punhos, punham-se frente a frente e se encaravam. Geralmente isso não acontecia depois de uma discussão, mas parecia surgir misteriosamente, como se algum instinto brotasse nos dois. Nesses momentos o café tornava-se tão silencioso que era possível ouvir o papel do buquê de rosas eriçado pelo sopro dos ventiladores. A cada noite, a repetição daquela cena prolongava-se um pouco mais que na noite anterior.

A luta aconteceu no Dia da Toupeira, que é 2 de fevereiro. O tempo estava favorável, sem chuva nem sol, com uma temperatura neutra. Havia vários sinais de que aquele era o dia marcado, e por volta das dez horas a notícia tinha se espalhado por toda parte. De manhã bem cedo, a srta. Amélia saiu e cortou a corda de seu saco de pancadas. Marvin Macy sentou nos degraus dos fundos com uma lata de óleo entre os joelhos e cuidadosamente azeitou os braços e as pernas. Um falcão com o peito ensanguentado voou sobre a cidade e fez dois círculos sobre a propriedade da srta. Amélia. As mesas do café foram retiradas para o terraço, e o grande salão ficou limpo para a luta. Havia muitos sinais. A srta. Amélia e Marvin Macy almoçaram quatro porções de assado meio cru, depois foram deitar-se para manter as forças. Marvin Macy deitou no quarto maior do andar de cima, enquanto a srta. Amélia estendia-se no banco do escritório. Estava escrito no seu rosto branco que, para ela, era um tormento ficar assim deitada sem fazer nada — mas ela deitou e ficou quieta como um cadáver, com os olhos fechados e as mãos cruzadas sobre o peito.

O Primo Lymon teve um dia inquieto, seu pequeno rosto estava contorcido e esticado de excitação. Serviu-se de um lanche e, ao meio-dia, foi apanhar uma toupeira. Voltou menos de uma hora depois, dizendo que a toupeira havia visto sua sombra e que um temporal estava se armando. Depois, como a srta. Amélia e Marvin Macy estavam descansando para se fortalecerem e ninguém lhe dava atenção, resolveu pintar a varanda da frente. Há anos que a casa não era pintada; na verdade, só Deus sabe se fora pintada alguma vez. O Primo Lymon arrastou-se por ali, e logo tinha pintado metade da fachada de um verde alegre e brilhante. Era um trabalho pegajoso, e ele ficou todo melado. Como era típico nele, antes de terminar uma parede pintou um pedaço de outra, tão alto quanto podia alcançar, depois subiu num banco para pintar mais em cima. Quando a pintura terminou, o lado direito da fachada tinha um verde brilhante e um pedaço de outra parede também estava pintado, terminando numa linha irregular. O Primo Lymon deixou as coisas assim.

Havia algo infantil em sua satisfação com a pintura e, a propósito disso, um fato curioso deve ser mencionado. Ninguém na cidade, nem mesmo a srta. Amélia, tinha a menor ideia a respeito da idade do corcunda. Alguns garantiam que, quando chegara à cidade, era apenas um menino de 12 anos, outros tinham certeza de que ele há muito ultrapassara os quarenta. Seus olhos eram azuis e serenos como os de um menino, mas podia-se notar, por baixo daqueles olhos azuis, algumas sombras que revelavam a idade. Era impossível adivinhar a idade que teria por seu corpo torcido e disforme. Também pelos dentes não era possível esclarecer nada: tinha todos os dentes na boca (dois quebrados, ao morder uma noz), mas estavam tão sujos com o hábito de tomar aquele rapé doce que era impossível decidir se eram dentes velhos ou jovens. Quando alguém perguntava diretamente sua idade, o corcunda confessava que não sabia absolutamente nada, não tinha a menor ideia de há quanto tempo estava no mundo, se eram dez ou cem anos. Assim, sua idade continuava um mistério.

Às cinco e meia da tarde, o Primo Lymon terminou de pintar. O dia tinha esfriado, havia muita umidade no ar. O vento soprava dos pinheirais, batendo as janelas, soprando um jornal velho pela rua até que ficasse preso num galho de árvore. As pessoas começaram a voltar do campo, automóveis abarrotados onde só se via as cabeças das crianças nas janelas, carroças puxadas por mulas velhas que pareciam sorrir cansadas e rabugentas, arrastando suas cargas com os olhos fatigados meio fechados. De Society City vieram três rapazes. Os três usavam camisas amarelas de tecido sintético e bonés com a aba virada para trás; eram tão parecidos que poderiam ser trigêmeos, e sempre eram vistos nas brigas de galos e festas no campo. Às seis horas, o apito da fábrica marcou o fim do dia, e a multidão estava completa. Naturalmente, entre os recém-chegados havia alguma gentalha, pessoas desconhecidas e assim por diante, mas todos estavam silenciosos. Uma expectativa caíra sobre a cidade, os rostos das pessoas estavam estranhos na luz que esmaecia. A escuridão foi caindo mansamente. Por um momento, o céu ganhou uma tonalidade amarelo-claro contra as linhas retas e escuras da igreja, depois foi se apagando lentamente e a escuridão transformou-se em noite.

O sete é um número popular, especialmente para a srta. Amélia, de quem é o número favorito. Sete goles d'água para soluços, sete corridas em volta da caixa d'água para torcicolos, sete doses de Purgante Milagroso Amélia para vermes... seus tratamentos quase sempre giravam em torno desse número. É um número de possibilidades variadas, e todos que amam o mistério e a magia gostam dele. Portanto, a luta tinha que ser às sete horas. Isso era sabido por todo mundo, não por ter sido anunciado ou falado, mas compreendido da mesma maneira inquestionável como são compreendidos a chuva ou o fedor maligno do pântano. Portanto, antes das sete, todos se reuniram em volta da propriedade da srta. Amélia. Os mais espertos entraram no café e alinharam-se junto às paredes do salão. Outros amontoaram-se no terraço ou ficaram andando pelo pátio.

A srta. Amélia e Marvin Macy ainda não tinham sido vistos. Depois de descansar no banco do escritório, a srta. Amélia subira para o andar superior. Quanto ao Primo Lymon, metia os cotovelos entre a multidão, abrindo caminho, estalando os dedos nervosamente e girando os olhos. Quando faltava um minuto para as sete, entrou no café e subiu no balcão. Tudo estava muito quieto.

De alguma forma, tudo parecia ter sido combinado com antecedência. Às sete em ponto a srta. Amélia surgiu no alto da escada. No mesmo instante, Marvin Macy apareceu na porta da frente do café, e a multidão abriu caminho para ele silenciosamente. Caminharam um para o outro sem pressa, com os punhos já fechados e os olhos como os dos sonâmbulos. A srta. Amélia trocara o vestido vermelho pelo velho macacão, que enrolara até os joelhos. Estava descalça, tinha uma soqueira de ferro na mão direita. Marvin Macy também tinha arregaçado as calças, estava nu da cintura para cima e todo lambuzado de azeite, usando as pesadas botas que havia recebido ao sair da prisão. Stumpy MacPhail destacou-se da multidão e examinou os bolsos deles com a palma da mão direita, para certificar-se de que não surgiriam inesperadas navalhas. Então os dois ficaram sós, no centro claro do café iluminado.

Não houve sinal algum, mas os dois atacaram ao mesmo tempo. Ambos os golpes atingiram os queixos, então as cabeças da srta. Amélia e de Marvin Macy caíram para trás e os dois recuaram, meio atordoados. Depois de alguns segundos após os primeiros golpes, limitaram-se a esfregar os pés no chão, experimentando várias posições e dando socos no ar. Então, como gatos selvagens, jogaram-se um sobre o outro. Ouviam-se o som de socos, resfolegar, pés arrastados no assoalho. Eram tão rápidos que ficava difícil acompanhar tudo o que acontecia, mas todos viram quando a srta. Amélia foi jogada para trás com tanta força que quase caiu, e quando Marvin Macy recebeu um golpe no ombro que o fez rodar como um pião. A luta prosseguia, violenta e selvagem, sem que nenhum dos dois desse sinal de fraqueza.

Durante uma luta assim, quando os adversários são rápidos e fortes como aqueles dois, às vezes vale a pena deixar de lado a confusão dos lutadores para observar os espectadores. As pessoas tinham recuado tanto quanto possível e achatavam-se contra as paredes. Stumpy MacPhail estava num canto, os punhos fechados como os lutadores, e fazia barulhos estranhos. O pobre Merlie Ryan tinha a boca tão aberta que engoliu uma mosca sem perceber. E o

Primo Lymon era digno de ser observado. O corcunda continuava sentado no balcão, de modo que pairava sobre todo mundo no café. Tinha as mãos nos quadris e mantinha a cabeçorra projetada para a frente, as perninhas dobradas e os joelhos sobressaindo. Com a excitação, sua boca pálida tremia.

Passou uma meia hora antes que mudasse o curso da luta. Centenas de golpes tinham sido trocadas, e houve uma pausa curta. Então, subitamente, Marvin Macy conseguiu agarrar o braço esquerdo da srta. Amélia e torceu-o nas costas dela. Ela voltou-se e agarrou-o pela cintura: a verdadeira luta tinha finalmente começado. A luta livre é a maneira natural de lutar naquela região, já que o boxe é muito rápido e obriga também a pensar e a concentrar-se. Agora que a srta. Amélia e Marvin estavam bem atracados, a multidão saiu de seu torpor e chegou mais perto. Por alguns momentos os lutadores opuseram-se, músculo contra músculo, com os ossos da bacia estreitamente apertados. Para a frente e para trás, de um lado para outro, eles balançavam. Marvin Macy continuava sem suar, mas o macacão da srta. Amélia estava empapado, e escorria tanto suor pelas pernas dela que seus pés deixavam marcas úmidas pelo chão. Havia chegado a hora da verdade, e, nesse momento de terrível esforço, a srta. Amélia era a mais forte. Marvin Macy estava todo melado e escorregadio, difícil de ser agarrado, mas ela era mais forte. Aos poucos, ela foi dobrando-o para trás, centímetro por centímetro, até jogá-lo no chão. Era algo terrível de assistir, e as respirações ofegantes deles eram o único som que se ouvia no café. Finalmente, ela derrubou-o e montou nele, com as mãos grandes e fortes apertando sua garganta.

Mas naquele exato momento, quando a luta estava ganha, ouviu-se um grito no café que causou arrepios na espinha de todo mundo. E o que aconteceu realmente até hoje continua um mistério. A cidade inteira estava ali reunida para testemunhar os acontecimentos, mas houve quem duvidasse dos próprios olhos. O balcão onde estava o Primo Lymon ficava pelo menos a uns 4 metros dos lutadores, no centro do café. Mas, justamente no momento em que a srta. Amélia apertava a garganta de Marvin Macy, o corcunda saltou para a frente, cruzando o ar como se tivesse asas. Aterrissou sobre as costas largas da srta. Amélia e apertou-lhe a garganta com seus dedinhos transformados em garras.

O resto é confusão. A srta. Amélia foi vencida antes que a multidão pudesse recobrar-se. Graças ao corcunda, Marvin Macy ganhou a luta, e no final a srta. Amélia jazia desacordada no chão, braços e pernas abertos. Marvin Macy pisou nela, com o rosto um tanto congestionado, mas sorrindo seu velho sorriso de canto de boca. Quanto ao corcunda, subitamente desapareceu. Talvez estivesse assustado com o que fizera, ou quem sabe queria deliciar-se sozinho com a glória; de qualquer forma, sumiu do café e ficou encolhido nos degraus do fundo. Alguém jogou água na srta. Amélia, que depois de algum tempo levantou-se vagarosamente para arrastar-se até o escritório. Pela porta aberta, podia-se vê-la sentada na escrivaninha, a cabeça apoiada no braço, soluçando com seu último fôlego. Todos viram quando ela fechou o punho esquerdo e deu três golpes no tampo da mesa, depois sua mão abriu-se debilmente e ficou muito quieta, a palma voltada para cima. Stumpy MacPhail avançou e fechou a porta.

A multidão estava quieta, e uma por uma as pessoas foram deixando o café. Despertaram e desamarraram as mulas ou ligaram os motores dos automóveis, e os três rapazes de Society City desceram a estrada a pé. Aquele não fora esse tipo de luta que se comenta depois: as pessoas voltaram para casa e meteram-se na cama, com os cobertores tapando as cabeças. A cidade ficou escura, exceto pela casa da srta. Amélia, onde todos os cômodos ficaram iluminados a noite inteira.

Marvin Macy e o corcunda abandonaram a cidade cerca de uma hora antes de o dia amanhecer. E, antes de irem embora, eis o que fizeram:

Abriram a vitrine dos tesouros e levaram tudo o que havia nela.

Quebraram a pianota.

Gravaram a navalha terríveis palavrões nas mesas do café.

Encontraram o relógio que abria atrás para mostrar as cataratas e também o levaram.

Derramaram um garrafão de mel por todo o chão da cozinha e quebraram os vidros de conservas.

Foram ao pântano e destruíram completamente a destilaria, quebraram o novo condensador, em seguida atearam fogo à cabana.

Prepararam um prato com a comida favorita da srta. Amélia, mingau de milho com salsichas, temperaram com veneno suficiente para matar a cidade inteira e deixaram-no tentadoramente sobre o balcão do café.

Fizeram todo tipo de maldade que podiam imaginar, sem entrar no escritório onde a srta. Amélia passou a noite. Depois foram embora, juntos.

Assim, a srta. Amélia foi deixada só na cidade. Os vizinhos poderiam tê-la ajudado, se soubessem como, pois as pessoas desse lugar são muito amáveis quanto têm oportunidade. Algumas donas de casa apareceram com suas vassouras e ofereceram-se para limpar a destruição. Mas a srta. Amélia apenas olhou para elas com seus vesgos olhos perdidos e sacudiu negativamente a cabeça. Stumpy MacPhail veio no terceiro dia comprar um pacote de fumo "Queenie", e a srta. Amélia disse que o preço era um dólar. De repente, qualquer coisa no café passou a custar 1 dólar. Que espécie de café era aquele? Como médica, ela também mudou muito. Há anos, ela era mais popular do que o médico de Cheehaw. Nunca se metia com a alma de seus pacientes, proibindo coisas tão necessárias quanto o álcool ou o fumo. Muito raramente, advertia cuidadosamente o paciente para nunca comer melancia gelada ou mandava-o evitar algum prato tão raro que jamais ocorreria à pessoa comê-lo. Agora, todas aquelas sábias curas tinham terminado. À metade dos pacientes ela disse que estavam à beira da morte, e à outra metade recomendou tratamentos tão impossíveis e torturantes que ninguém de cabeça razoavelmente boa poderia levá-la a sério por um momento que fosse.

A srta. Amélia deixou o cabelo crescer, emaranhar-se e embranquecer. Seu rosto se alargou, os grandes músculos de seu corpo relaxaram, até que ela foi minguando e adquiriu a aparência dessas velhas solteironas magras e meio malucas. E aqueles olhos cinzentos, pouco a pouco, dia a dia, foram ficando cada vez mais vesgos, davam a impressão de procurarem um ao outro para trocarem sinais de solitário reconhecimento. Não era agradável ouvi-la: sua língua se afiara terrivelmente.

Quando alguém falava no corcunda, ela apenas dizia:
— Ah, se eu pudesse botar a mão nele, arrancaria sua corcova e dava para a gato comer...

As palavras não eram tão terríveis, mas sim a voz com que as dizia.

A voz dela tinha perdido o velho vigor, não restara nenhum traço daquele rancor que usava quando costumava referir-se a "esse remendador de máquinas com quem me casei" ou a qualquer outro inimigo. Sua voz era quebrada, suave e triste como o lamento queixoso do órgão da igreja.

Durante três anos, costumava sentar-se nos degraus da frente todas as noites, sozinha e silenciosa, olhando a estrada e esperando. Mas o corcunda nunca voltou. Ouviram-se boatos de que Marvin Macy o utilizava para saltar janelas e roubar, e também diziam que Marvin Macy o vendera para um circo. Mas ambas essas histórias foram contadas por Merlie Ryan, e ninguém jamais tinha ouvido dele algo verdadeiro. Foi no quarto ano que a srta.

Amélia chamou um carpinteiro de Cheehaw e mandou-o colocar tábuas nas portas e janelas, e desde então permaneceu fechada dentro de casa.

Sim, a cidade é melancólica. Nas tardes de agosto, a rua é vazia, branca de pó, sob um céu brilhante como cristal. Nada se move: não há vozes de crianças, somente o barulho do moinho. A cada verão, os pessegueiros parecem mais retorcidos e as folhas de um cinza embaçado têm uma delicadeza doentia. A casa da srta. Amélia está tão inclinada para a direita que é apenas uma questão de tempo desabar completamente, e as pessoas são cuidadosas quando passam por perto. Não há bom uísque para ser comprado na cidade; a destilaria mais próxima fica a 13 quilômetros de distância, e o uísque é tão ruim que nascem verrugas do tamanho de um amendoim no fígado de quem o bebe, e a pessoa sucumbe a estranhos delírios interiores. Não há absolutamente nada para fazer na cidade. Caminhar até a caixa d'água, chutar um tronco de árvore apodrecido, pensar em como aproveitar a velha roda de carroça encontrada na estrada perto da igreja. A alma se deteriora com o tédio. Mas sempre se pode descer pelo caminho de Forks Falls e observar o trabalho dos presos.

OS DOZE MORTAIS

A estrada de Forks Falls fica a 5 quilômetros da cidade, e é lá que trabalham os presos. A estrada é de macadame, e o município resolveu consertar seus buracos e alargá-la em certo trecho perigoso. O grupo compõe-se de 12 homens, todos usando roupas de presidiários, listradas de preto e branco, e acorrentados pelos tornozelos. Há um guarda, com um fuzil, cujos olhos não passam de estrias vermelhas, por causa da luz. Os homens trabalham durante o dia inteiro, chegam da prisão logo depois que o sol nasce e são levados de volta na luz cinzenta do crepúsculo de agosto. Todos os dias, há o som das picaretas batendo na terra lamacenta, a luz dura do sol, o cheiro de suor. E todos os dias há música. Uma voz escura começa uma frase, meio cantada, como uma pergunta. Depois de um momento, outra voz liga-se àquela, e em seguida todo o grupo está cantando. As vozes são sombrias sob a luminosidade dourada; a música, uma intrincada mistura, ao mesmo tempo sombria e alegre. A música vai num crescendo, até que não parece mais brotar daqueles 12 homens do grupo, mas da própria terra ou do vasto céu. É uma música que toca o coração e faz estremecer de medo e êxtase quem a escuta. Então, lentamente, a música vai baixando até não restar mais que uma voz solitária, depois uma grande respiração, o sol, o som das picaretas no silêncio.

E que espécie de grupo será esse, capaz de produzir uma música assim? Apenas 12 mortais, sete homens negros e cinco brancos da região. Apenas 12 mortais que estão juntos.

Wunderkind*

ELA ENTROU NA SALA, A PASTA DE MÚSICA batendo em suas pernas com meias de inverno, o outro braço caído com o peso dos livros escolares, e ficou por um momento ouvindo os sons que vinham do estúdio. Uma suave procissão de acordes de piano e o afinar de um violino. Então o sr. Bilderbach chamou-a com sua voz grossa e gutural:

— É você, Bienchen?

Ao tirar as luvas, ela viu que seus dedos estavam contraídos com os movimentos da fuga que havia praticado naquela manhã.

— Sim — respondeu. — Sou eu.

Ela podia ouvir o sr. Lafkowitz falando, suas palavras enoveladas num murmúrio sedoso, ininteligível. Uma voz quase de mulher, pensou, comparada à do sr. Bilderbach. O desassossego dispensava sua atenção. Remexeu no livro de geometria e em *Le Voyage de Monsieur Perichon* antes de colocá-los na mesa. Sentou no sofá e começou a tirar as partituras da pasta. Outra vez olhou para as mãos: os tendões palpitantes que desciam tensos até os dedos, a ferida num dos dedos coberta por um esparadrapo amassado e

*Em alemão no original: "criança prodígio". (*N. do T.*)

sujo. A visão aumentou o medo que tinha começado a atormentá-la nos últimos meses.

Sem ruído, murmurou para si mesma algumas frases de encorajamento. Uma boa lição, uma boa lição, como costumava ser. Comprimiu os lábios ao ouvir o pesado som dos passos do sr. Bilderbach atravessando o chão do estúdio, e a porta abriu-se com um rangido.

Por um momento, ela teve a estranha sensação de que tinha passado a maior parte dos seus 15 anos de vida olhando o rosto e os ombros que surgiam detrás daquela porta, num silêncio perturbado apenas pelo beliscar desordenado e vago de uma corda de violino. Sr. Bilderbach. Seu professor, sr. Bilderbach. Os olhos vivos por trás dos óculos de aro de chifre; os cabelos claros e macios sobre o rosto estreito; os lábios cheios que se tocavam suavemente, o inferior mais rosado e úmido pelo hábito de mordiscá-lo; as veias bifurcadas da testa, latejando tanto que podiam ser observadas do outro lado da sala.

— Não é um pouco cedo? — ele perguntou, olhando para o relógio de parede que há um mês marcava 12h05. — Josef está aqui. Estávamos examinando uma pequena sonatina de um conhecido dele.

— Bom — ela disse, tentando sorrir. — Eu também vou ouvir.

Ela podia ver seus próprios dedos misturando-se sem força nas teclas do piano. Sentiu-se cansada, sentiu que se ele a olhasse mais longamente as mãos dela começariam a tremer.

Ele parecia indeciso, parado no meio da sala. Cerrou com força os dentes sobre o lábio inferior, inchado e brilhante.

— Está com fome, Bienchen? — perguntou. — Há um pouco de torta de maçã que Ana fez, e leite.

— Mais tarde — ela disse. — Obrigada.

— Depois de você terminar uma lição muito bem estudada, hein? — O sorriso dele pareceu desmoronar nos cantos da boca.

Ouviu-se um som atrás dele, no estúdio. O sr. Lafkowitz empurrou o outro lado da porta e ficou parado ao lado dele.

— Frances? — ele disse, sorrindo. — E como vai o trabalho hoje?

Sem querer, o sr. Lafkowitz sempre a fazia sentir-se desajeitada e grande demais. Era um homem baixo, de aspecto cansado quando não empunhava o violino. Suas sobrancelhas curvavam-se na testa amarelada de judeu, como se estivesse fazendo uma pergunta, mas as pálpebras de seus olhos fechavam-se lânguidas e indiferentes. Hoje, parecia distraído. Ela o viu entrar na sala sem propósito aparente, segurando o arco incrustado de pérolas, passando lentamente os dedos nos cabelos lustrosos. Hoje, seus olhos eram fendas agudas e brilhantes, e o lenço que enrolara no pescoço escurecia ainda mais suas olheiras.

— Suponho que você está trabalhando muito agora — sorriu o sr. Lafkowitz, embora ela ainda não tivesse respondido à sua pergunta.

Ela olhou para o sr. Bilderbach. Ele voltou-se. Seus ombros pesados empurraram a porta aberta até o último sol da tarde atravessar a janela do estúdio para lançar uma luz amarela na sala empoeirada. Atrás do professor ela podia ver o velho piano, a janela e o busto de Brahms.

— Não — ela disse para o sr. Lafkowitz. — Eu ando péssima. — Seus dedos delicados emaranharam-se nas páginas da partitura. — Não sei o que está acontecendo — falou, olhando as costas musculosas do sr. Bilderbach, que parecia tenso e atento.

O sr. Lafkowitz sorriu.

— Às vezes, eu acho, quando a gente...

Ouviu-se um acorde dissonante do piano.

— Não seria melhor prosseguirmos? — perguntou o sr. Bilderbach.

— Imediatamente — disse o sr. Lafkowitz, vibrando o arco do violino antes de caminhar em direção à porta. Ela o viu retirar o violino de cima do piano. Ele piscou os olhos e baixou o instrumento. — Você viu a foto de Heime?

Os dedos dela prenderam com força a ponta aguda da pasta.

— Que foto?

— De Heime, no *Musical Courier*, aí em cima da mesa. Bem em cima.

A sonatina começou. Dissonante, mas, apesar disso, simples. Vazia, mas com um estilo direto e próprio. Ela pegou a revista e abriu.

Ali estava Heime, no canto esquerdo. Segurava o violino com os dedos curvados para baixo nas cordas, na posição de um *pizzicato.* Com suas bombachas escuras presas cuidadosamente nos joelhos, um suéter de gola rolê. Era uma foto ruim. Embora estivesse de perfil, os olhos estavam voltados para o fotógrafo e o dedo parecia tocar a corda errada. Ele aparentava estar sofrendo por ter de olhar para a máquina fotográfica. Estava mais magro, a barriga já não era saliente, mas não tinha mudado muito nos últimos seis meses.

Heime Israelsky, talentoso jovem violinista, fotografado enquanto ensaiava no estúdio de seu professor em Riverside Drive. O *jovem virtuose Israelsky, que vai completar seu décimo quinto aniversário, foi convidado para tocar o Concerto de Beethoven com...*

Naquela manhã, depois de estudar das seis às oito, seu pai a obrigara a se sentar na mesa com a família para o café da manhã. Ela odiava o café da manhã, sentia-se enjoada depois. Preferia esperar e, com os 20 centavos do almoço, comprar quatro barras de chocolate e comê-las durante a aula, apanhando pedacinhos no bolso do casaco e parando cada vez que o papel prateado estalava. Mas nessa manhã o pai colocara um ovo frito em seu prato e ela sentira que, se o ovo se partisse e então o amarelo viscoso escorresse sobre o branco, começaria a chorar. E foi isso que aconteceu. A mesma sensação voltava agora. Cuidadosamente, colocou a revista de volta na mesa e fechou os olhos.

No estúdio, a música parecia insistente e desajeitada, como se procurasse alguma coisa que não conseguia alcançar. Depois de um momento, seus pensamentos afastaram-se para longe de Heime e do concerto e da foto e voltaram outra vez para a lição. Afundou no sofá até poder ver nitidamente o estúdio: os dois tocando, esquadrinhando as notações no piano, procurando sensualmente tirar o melhor do que estava lá.

Ela não conseguia afastar da lembrança o rosto do sr. Bilderbach quando ele a olhara, um momento antes. Suas mãos, que ainda crispavam-se inconscientemente com os movimentos da fuga, fecharam-se sobre os joelhos ossudos. Cansada, ela estava. E com aquela sensação de girar e afundar em ondas que costumava vir justamente antes de dormir, nas noites em que tinha estudado demais. Como aqueles meios-sonhos exaustivos que zumbiam e a arrastavam consigo para seus espaços rodopiantes.

Uma *Wunderkind*... Uma *Wunderkind*... Uma *Wunderkind*... As sílabas vinham rolando naquele profundo jeito germânico, batendo contra os ouvidos dela para depois quebrarem-se num murmúrio. E os rostos girando, inchando até ficarem distorcidos, reduzindo-se a bolhas pálidas. Sr. Bilderbach, sra. Bilderbach, Heime, sr. Lafkowitz... Dando voltas e voltas num círculo em torno da gutural *Wunderkind*. O sr. Bilderbach, enorme no meio do círculo, o rosto cheio de insistência, com todos os outros em volta dele.

Frases musicais alternavam-se loucamente. Notas que ela havia tocado caindo umas sobre as outras como punhados de mármore escada abaixo. Bach, Debussy, Prokofiev, Brahms, ritmados grotescamente de acordo com as pulsações de seu corpo cansado e do círculo vertiginoso.

De vez em quando, nas ocasiões em que não havia estudado mais que três horas ou não havia ido à escola, os sonhos não eram tão confusos. A música recompunha-se com clareza em sua cabeça, e voltavam rápidas e precisas pequenas memórias, claras como essa tola gravura, *A idade da inocência*, que Heime dera a ela depois daquele concerto em que tocaram juntos.

Uma *Wunderkind*... Uma *Wunderkind*... Foi assim que o sr. Bilderbach a chamara quando, com 12 anos, ela veio ao estúdio pela primeira vez. Os alunos mais velhos tinham repetido a palavra.

Não que ele tivesse jamais dito a palavra a ela. "Bienchen"... (Ela tinha um nome bem mais comum, mas ele nunca o usava, exceto quando seus erros eram graves). "Bienchen", ele costumava dizer, "eu sei que deve ser terrível. Carregar todo o tempo uma cabeça tão cheia de coisas. Pobre Bienchen..."

O pai do sr. Bilderbach fora um violinista holandês. A mãe dele era de Praga. Tinha nascido nessa cidade e passara a juventude na Alemanha. Quantas vezes ela desejava não ter nascido e crescido apenas em Cincinnati... Como se diz *queijo* em alemão? Sr. Bilderbach, como se diz em holandês *eu não compreendo você?*

O primeiro dia em que ela veio ao estúdio. Depois de ter tocado inteira a *Segunda rapsódia húngara* de memória. A sala escurecendo no crepúsculo. O rosto dele curvou-se sobre o piano.

— Agora vamos começar tudo de novo — ele disse, naquele primeiro dia. — Isso de tocar música é mais do que uma esperteza. Se os dedos de uma menina de 12 anos cobrem tantas teclas num segundo, isso não significa nada.

Ele bateu no peito largo e na testa com a mão enorme.

— Aqui e aqui. Você já tem idade suficiente para compreender. — Ele acendeu um cigarro e suavemente soprou a primeira tragada sobre a cabeça dela. — E trabalho, trabalho, trabalho. Vamos começar agora, com estas Invenções de Bach e estas pecinhas de Schumann. — As mãos dele moveram-se outra vez, para afastar o fio da lâmpada atrás dela e apontar-lhe a música. — Eu vou mostrar a você como quero que estude. Escute cuidadosamente agora.

Ela ficara quase três horas ao piano, estava muito cansada. A voz profunda dele soava como se tivesse estado dentro dela há muito tempo. Ela queria alcançar e tocar os dedos flexíveis e musculosos que apontavam as frases, queria tocar o anel de ouro fulgurante e as costas peludas da mão forte dele.

Suas aulas eram às terças, depois da escola, e nas tardes de sábado. Muitas vezes, quando a lição de sábado terminava, ela ficava para jantar e dormir, tomando o ônibus para casa na manhã seguinte. A sra. Bilderbach gostava dela de uma maneira calma, quase silenciosa. Era muito diferente do marido. Ela era quieta e gorda e lenta. Quando não estava na cozinha fazendo um daqueles pratos de que todos gostavam, parecia passar o tempo na cama, no andar de cima, lendo revistas ou olhando para coisa alguma com um meio sorriso. Quando casaram, na Alemanha, ela era cantora de *Lieder*. Não cantava mais (dizia que era por causa da garganta). Quando ele a chamava da cozinha para ouvir algum aluno, ela sempre sorria e dizia que era *gut*, muito *gut*.

Quando Frances tinha 13 anos, percebeu um dia que os Bilderbach não tinham filhos. Isso pareceu estranho. Uma vez ela estava na cozinha com a sra. Bilderbach quando ele entrou, vindo do estúdio, tenso e com raiva de algum aluno que o enervava. A mulher continuou batendo a massa espessa, até que ele colocou a mão no ombro dela. Ela voltou-se — continuava plácida — enquanto ele colocava os braços em torno dela e escondia o rosto áspero na carne branca e flácida do seu pescoço. Ficaram assim sem se mover. Então ele levantou bruscamente o rosto, a raiva diminuiu para dar lugar a uma serena falta de expressão, e voltou ao estúdio.

Depois que começara as lições com o sr. Bilderbach, ela não tinha mais tempo para ver ninguém da escola, e Heime tinha sido seu único amigo da mesma idade. Era aluno do sr. Lafkowitz e frequentava a casa do sr. Bilderbach nas tardes em que ela estava lá. Ouviam seus professores tocarem juntos na sala de música. E muitas vezes eles tocavam sonatas de Mozart ou Bloch.

Uma *Wunderkind*... Uma *Wunderkind*...

Heime também era um *Wunderkind.* Ele e ela, então.

Heime tocava violino desde os 4 anos. Não frequentava a escola, aprendia com o irmão do sr. Lafkowitz, que era aleijado e, à tarde, lhe ensinava geometria, história da Europa e verbos franceses. Aos 13 anos, sua técnica era tão apurada quanto à do melhor violinista de Cincinnati — todo mundo dizia isso. Mas tocar violino devia ser mais fácil do que tocar piano. Ela sabia que devia ser.

Heime sempre parecia cheirar ao veludo das calças, à comida que comera e a resina. Metade do tempo, também, suas mãos estavam sujas ao redor dos nós dos dedos, e os punhos da camisa mostravam-se encardidos por baixo do suéter. Ela sempre observava as mãos dele quando tocava: eram fracas, mas somente até as articulações com duras bolinhas de carne sobre as unhas curtas, parecendo um menino com aqueles vincos que apareciam no punho arqueado.

Dormindo ou acordada, ela só se lembrava do concerto como algo nebuloso. Apenas muitos meses depois, foi saber que não obtivera sucesso. Verdade, os jornais elogiaram mais Heime do que ela. Mas ele era muito mais baixo que ela. Quando estavam juntos no palco, ele mal batia em seus ombros. E isso fazia diferença para as pessoas, ela sabia. Além disso, havia a sonata que tocaram juntos. A sonata de Bloch.

— Não, não. Não creio que isso seja apropriado — tinha dito o sr. Bilderbach quando Bloch foi sugerido para terminar o programa. — Melhor tocar aquela coisa de John Powell, a *Sonata Virginianesca.*

Ela não tinha compreendido então. Queria que fosse Bloch, concordando com o sr. Lafkowitz e Heime.

O sr. Bilderbach cedera. Mais tarde, quando as críticas disseram que ela não tinha temperamento para aquele tipo de música, depois que chamaram sua maneira de tocar de "diluída e carente de sentimento", ela se sentira burlada.

— Esse negócio de *oi-oi* não é para você, Bienchen — disse o sr. Bilderbach, sacudindo os jornais na cara dela. — Deixe para o Heime os *vitses* e os *skys.*

Uma *Wunderkind*... Não importava o que os jornais diziam, era assim que ele a tinha chamado.

Por que Heime havia tocado muito melhor que ela no concerto? Às vezes, na escola, enquanto fingia observar algum colega resolvendo um problema de geometria no quadro-negro, a pergunta retorcia-se como uma faca dentro dela. Na cama, continuava a preocupar-se, e mesmo outras vezes, quando devia estar concentrada no piano. Não era culpa de Bloch nem dela que não fosse judia; não completamente. Seria, talvez, porque Heime não precisava ir à escola e tinha começado a tocar muito cedo? Seria por isso?

Certa vez, achou que sabia.

— Toque a *Fantasia e fuga* — pedira o sr. Bilderbach uma tarde, um ano atrás, depois que ele e o sr. Lafkowitz tinham terminado de fazer uma leitura musical juntos.

Enquanto ela tocava, parecia que Bach ia saindo bem. Com o canto dos olhos, podia ver a expressão calma e satisfeita no rosto do sr. Bilderbach, podia ver as mãos dele erguerem-se dos braços da poltrona nos momentos culminantes para depois deixá-las caírem satisfeitas quando os pontos altos das frases musicais tinham sido executados satisfatoriamente. Ao terminar, ela levantou-se do piano, respirando como se a música tivesse sufocado sua garganta e seu peito. Mas...

— Frances — disse então o sr. Lafkowitz, de repente, olhando para ela com a boca fina crispada e os olhos quase cobertos pelas pestanas delicadas. — Você sabe quantos filhos tinha Bach?

Ela se voltou para ele, confusa.

— Um monte. Vinte e tantos.

— Bem, então... — os vincos do sorriso dele marcaram suavemente o rosto pálido — então ele não deve ter sido tão frio.

O sr. Bilderbach não gostou daquilo. Sua resplandecente pronúncia gutural de palavras alemãs parecia incluir *Kind* em algum lugar. O sr. Lafkowitz levantou as sobrancelhas. Ela percebeu, mas preferiu manter o rosto vago e imaturo, porque era assim que o sr. Bilderbach gostava que ela parecesse.

Mas essas coisas não importavam. Nada importava muito, enfim, porque em breve ela seria adulta. O sr. Bilderbach compreendia isso e mesmo o sr. Lafkowitz não pretendera ser desagradável ao dizer aquilo.

Nos sonhos, o rosto do sr. Bilderbach alargava-se e contraía-se no centro de um círculo em redemoinho. Os lábios abriam-se macios, as veias nas suas têmporas latejavam.

Mas às vezes, antes de dormir, havia lembranças tão claras... Como quando ela rasgou a meia, depois tentou esconder o furo com o sapato. "Bienchen, Bienchen!" E a sra. Bilderbach veio com o cesto de costura e mostrou a ela como cerzir sem deixar um monte de caroços.

E aquela vez em que se formou no curso médio.

— O que é que você vai usar? — perguntou a sra. Bilderbach no café da manhã de domingo, quando ela contou como tinham ensaiado a entrada no auditório.

— Um vestido de noite que minha prima usou no ano passado.

— Ah, Bienchen! — ele disse, girando nas mãos enormes a xícara de café quente, olhando para ela com rugas em torno dos olhos risonhos. — Aposto que sei o que Bienchen quer...

Ele insistira. E não acreditou quando ela explicou que, honestamente, não se importava com aquilo tudo.

— Veja só, Ana — disse, empurrando o guardanapo para o outro lado da mesa. E atravessou a sala remexendo os quadris e revirando os olhos por trás de seus óculos com aros de chifre.

No sábado seguinte, depois da aula, levou-a às lojas da cidade. Seus dedos grossos acariciavam as diáfanas rendas e os crepitantes tafetás que as balconistas estendiam cuidadosamente. Colocava as cores perto do rosto dela, inclinando a cabeça para um lado, até decidir-se pelo rosa. Dos sapatos ele também se lembrou. Gostou de uns brancos de menina, que ela achou que pareciam sapatos de velha, a etiqueta da Cruz Vermelha no peito do pé dando um ar de beneficência. Mas isso na verdade não tinha importância. Quando a sra. Bilderbach começou a encurtar o vestido e a prendê-lo com alfinetes, ele interrompeu a aula para vê-la e sugerir pregas nas cadeiras, no pescoço e uma rosa de fantasia no ombro. A música estava indo bem naquela época. Roupas e festas e coisas assim não tinham feito diferença.

Nada importava muito, a não ser tocar a música como devia ser tocada, expressando as coisas que estavam dentro dela, tocando, tocando e tocando até que o rosto do sr. Bilderbach perdesse aquela expressão de insistência.

Tentando fazer com a música aquilo que Myra Hess fazia, e Yehudi Menuhin, e até Heime.

O que tinha começado a acontecer nos últimos quatro meses? As notas pareciam sair com uma entonação morta, volúvel. A adolescência, pensou. Algumas crianças tocam promissoramente e trabalham e trabalham até que, como ela, qualquer coisa as faz chorar, e querem tocar direito, e começam a desejar que qualquer coisa aconteça... Mas não ela! Ela era como Heime. Ela tinha que ser. Ela...

Antigamente, estava segura de seu talento. E essas coisas não podem se perder assim. Uma *Wunderkind*... Uma *Wunderkind*... Foi isso o que ele dissera dela, arrastando as palavras naquele profundo e seguro jeito germânico. E nos sonhos, ainda mais profundamente, mais seguro do que nunca. O rosto indistinto dele e as ardentes frases musicais misturavam-se num zumbido dentro de um círculo, e giravam, giravam, giravam. Uma *Wunderkind*... Uma *Wunderkind*...

Naquela tarde, o sr. Bilderbach não acompanhou o sr. Lafkowitz até a porta da frente, como sempre fazia. Ficou no piano, repetindo suavemente uma nota solitária. Enquanto ouvia, Frances viu o violinista enrolar o cachecol em torno do pescoço pálido.

— Uma boa fotografia de Heime — ela disse, apanhando sua pasta. — Recebi uma carta dele há dois meses, contando que tinha ouvido Schnabel e Huberman, falando do Carnegie Hall e das coisas de comer na casa de chá russa.

Para retardar a entrada no estúdio, ela esperou até que o sr. Lafkowitz saísse e ficou atrás dele quando abriu a porta.

O frio gelado de fora penetrou na sala. Estava ficando tarde, o ar estava tingido de amarelo pálido pela luz de inverno. Quando a porta fechou, ela pensou que a casa nunca parecera tão escura e silenciosa.

Quando entrou no estúdio, o sr. Bilderbach levantou-se do piano e, silenciosamente, observou-a aproximar-se do teclado.

— Bem, Bienchen — disse. — Esta tarde vamos começar tudo de novo. Começar do princípio. Esqueça os últimos meses.

Ele parecia estar ensaiando uma atuação num filme. Seu corpo sólido balançava sobre os pés, esfregava as mãos, e chegou até a sorrir, de uma maneira satisfeita, cinematográfica. Então, subitamente, mudou de atitude. Deixou cair os ombros pesados e começou a olhar para a pilha de músicas que ela trouxera.

— Bach, não... Ainda não... — murmurou. — Beethoven? Sim, a *Sonata com variações*, Opus 26.

As teclas do piano a aprisionavam, rígidas e brancas como se estivessem mortas.

— Espere um minuto — ele disse. Estava com os cotovelos apoiados no piano e olhava para ela. — Hoje espero algo de você. Esta sonata é a primeira de Beethoven que você estudou. Tecnicamente, todas as notas estão sob controle, você não precisa fazer nada além de copiar a música. Só a música agora. É tudo em que você deve pensar.

Ele percorreu as páginas do caderno dela, até encontrar o lugar certo. Então empurrou a cadeira para o meio da sala, girou-a e sentou-se, com as pernas em volta do encosto.

Por alguma razão, ela sabia que essa posição geralmente tinha um bom efeito sobre a sua *performance*. Mas sentia que, hoje, ela o espiaria com o canto dos olhos e ficaria perturbada. As costas dele estavam esticadas, eretas, e suas pernas pareciam tensas. O pesado caderno balançava perigosamente no encosto da cadeira.

— Agora vamos começar — ele disse, com um peremptório dardejar de olhos em sua direção.

As mãos dela curvaram-se sobre as teclas, depois desabaram. As primeiras notas foram muito barulhentas, as seguintes, muito secas.

Ele levantou a mão rosada.

— Espere! Pense por um minuto no que está tocando. Como está marcado esse início?

— *An-andante.*

— Muito bem. Não transforme isso num *adagio*, então. E toque com firmeza nas teclas. Não arraste desse jeito. Um gracioso e expressivo *andante*...

Ela tentou outra vez. Suas mãos pareciam separadas da música que havia dentro dela.

— Escute — ele interrompeu. — Qual dessas variações domina o conjunto?

— A marcha fúnebre — ela respondeu.

— Então prepare-se para ela. Isto é um *andante*, não uma peça de salão, como você tocou. Comece suavemente, *piano*, e faça ir crescendo até antes do *arpeggio*. Torne-o quente e dramático. E aqui embaixo, onde está marcado *dolce*, faça a contramelodia cantar. Você sabe tudo isso. Já vimos tudo isso antes. Agora toque. Sinta como Beethoven escreveu. Sinta essa tragédia e contenção.

Ela não conseguia parar de olhar para as mãos dele. Pareciam pousar, de propósito, sobre a música, prontas para levantar-se e mandá-la parar com um sinal, assim que ela começasse, com o brilho do anel avisando-a do alto.

— Sr. Bilderbach... talvez se eu... Se o senhor me deixasse tocar a primeira variação sem interromper, eu poderia tocar melhor.

— Não vou interromper — ele disse.

Ela inclinou o rosto pálido sobre as teclas. Tocou a primeira parte e, obedecendo a um sinal dele, começou a segunda. Não havia falhas graves, mas as frases saíam de seus dedos antes que pudesse colocar nelas o que sentia.

Quando terminou, ele olhou por cima da música e começou a falar num tom cinzento e vagaroso:

— Raramente ouvi esses acordes com a mão direita. E essa é justamente a parte que devia crescer em intensidade, desenvolvendo os temas supostamente incluídos na primeira parte. Vamos para a próxima.

Ela queria começar com uma tristeza contida, depois evoluir para uma expressão profunda e transbordante de mágoa. Sua cabeça dizia isso, mas as mãos grudavam-se nas teclas como macarrão mole, e ela não conseguia imaginar como a música deveria ser.

Quando a última nota parou de vibrar, ele fechou o livro e levantou-se da cadeira de maneira estudada. Ele movia o lábio inferior para os lados, e, através dos lábios abertos, ela podia ver o túnel vermelho da garganta e os dentes fortes, amarelados pelo fumo. Deixou o livro de Beethoven no topo da pilha de músicas e apoiou novamente os cotovelos sobre o preto suave do piano.

— Não — disse simplesmente, olhando para ela.

A boca de Frances começou a tremer.

— Eu não consigo evitar. Eu...

Subitamente, ele abriu os lábios num sorriso.

— Escute, Bienchen — começou, numa voz diferente, forçada. — Você ainda toca O *Ferreiro Harmonioso,* não? Eu disse que você não o tirasse de seu repertório.

— Sim — ela disse. — Eu ainda toco de vez em quando.

A voz dele era daquele tipo que se usa para falar com crianças:

— Foi uma das primeiras coisas que tocamos juntos, lembra? Você costumava bater nas teclas com muita força, como se fosse realmente a filha de um ferreiro. Veja só, Bienchen, eu a conheço tão bem como se fosse minha própria filha. Eu sei o que você sente. Já ouvi você tocar tantas coisas lindamente. Você costumava...

Ficou confuso e parou, sugando a fumaça do cigarro úmido. A fumaça parecia adormecida e, ao sair dos lábios rosados, envolveu numa névoa cinza os cabelos lisos e o rosto infantil dela.

— Toque com alegria e simplicidade — ele disse, acendendo a lâmpada atrás dela e afastando-se do piano.

Por um momento, ele ficou justamente dentro do círculo brilhante de luz. Então, impulsivamente, curvou-se até quase o chão.

— Vigorosamente — disse.

Ela não conseguia parar de olhar para ele, sentado sobre um dos calcanhares, com o outro pé estendido para manter o equilíbrio, os músculos de suas coxas fortes tensos sob o pano das calças, as costas eretas, os cotovelos apoiados firmemente nos joelhos.

— Agora, com simplicidade — ele repetiu com um gesto das mãos carnudas. — Pense no ferreiro trabalhando o dia inteiro sob o sol. Trabalhando tranquilamente, sem preocupações.

Ela não podia olhar para o piano. A luz iluminava os pelos nas costas das mãos estendidas dele, fazia brilhar as lentes dos óculos.

— Tudo seguido — ele ordenou. — Agora!

Ela sentiu que sua medula óssea se esvaziava e não havia mais sangue em seu corpo. O coração, que durante toda a tarde batera contra o peito, de repente estava morto. Ela o via, cinza, murcho e enrugado nas bordas, como uma ostra.

O rosto dele parecia vibrar no espaço, aproximando-se do mesmo ritmo da pulsação das veias nas têmporas. Ela retraiu-se, baixou os olhos para o piano. Seus lábios tremiam como geleia, lágrimas silenciosas pingaram sobre as teclas brancas.

— Não posso — ela suspirou. — Não sei por quê, mas simplesmente não posso. Não posso nunca mais.

O corpo tenso dele relaxou e, estendendo a mão para o lado, levantou-se. Ela apanhou as partituras e passou correndo por ele.

O casaco. As luvas e galochas. Os livros da escola e a pasta que ele dera a ela no seu aniversário. Tudo o que pertencia a ela na sala silenciosa. Rapidamente, antes que ele pudesse falar.

Ao atravessar o vestíbulo, não pôde deixar de olhar as mãos dele suspensas do corpo apoiado contra a porta do estúdio, relaxadas e sem nenhum propósito. Bateu a porta com firmeza. Arrastando os livros e a pasta, ela tropeçou pela escada de pedra, errou o caminho e, quando chegou ofegante lá embaixo, a rua tinha se transformado numa balbúrdia, com barulho, bicicletas e as brincadeiras de outras crianças.

O jóquei

O JÓQUEI CHEGOU À PORTA DO RESTAURANTE e ficou um momento parado de um lado, quieto, as costas apoiadas na parede. O salão estava repleto, era o terceiro dia da temporada e todos os hotéis da cidade estavam cheios. No restaurante, buquês de rosas de agosto tinham deixado suas pétalas caírem sobre as toalhas brancas das mesas, e do bar próximo vinha um som de vozes quentes, bêbadas. As costas encostadas na parede, o jóquei esperava, observando o salão com olhos apertados e enrugados. Examinou o salão até que finalmente seus olhos chegaram a uma mesa num canto, diagonalmente em frente a ele, onde três homens estavam sentados. Enquanto observava, o jóquei empinou o queixo e jogou a cabeça para um lado, seu corpo de pigmeu tornou-se rígido e as mãos apertaram-se tanto que os dedos curvados pareciam garras de ferro. Tenso contra a parede do restaurante, ele olhava e esperava.

Naquela tarde, ele estava usando um terno de seda chinesa verde, cortado sob medida, que parecia uma fantasia de criança. A camisa era amarela, a gravata listrada de cores pastel. Não tinha chapéu e usava os cabelos escovados numa franja seca e áspera sobre a testa. Seu rosto era chupado, sem idade, cinzento. Havia rugas sombrias nas suas têmporas, e sua boca estava rígida num sorriso crispado. Depois de algum tempo, percebeu que tinha sido visto por um dos três homens que estivera observando. Mas o jóquei não o cumprimentou, apenas empinou o queixo ainda mais e enfiou o polegar da mão tensa no bolso do colete.

Os três homens da mesa do canto eram um treinador, um bookmaker e um homem rico. O treinador era Sylvester, um sujeito grande, negligente, com um nariz lustroso e lentos olhos azuis. O bookmaker era Simmons. O homem rico era o proprietário de um cavalo chamado Seltzer, que o jóquei tinha montado naquela tarde. Os três bebiam uísque com soda, e um garçom vestido de branco tinha acabado de trazer o prato principal do jantar.

Foi Sylvester quem viu primeiro o jóquei. Desviou os olhos rapidamente, afastou o copo de uísque e nervosamente coçou a ponta do nariz vermelho com o polegar.

— É Bitsy Barlow — disse. — Está ali, do outro lado do salão. Olhando para nós.

— Ah, o jóquei — disse o homem rico. Estava de frente para a parede e virou a cabeça para ver melhor. — Chame-o para cá.

— Pelo amor de Deus, não — disse Sylvester.

— Ele é louco — disse Simmons. A voz do bookmaker era arrastada e sem inflexões. Tinha a cara de um jogador nato, equilibrando cuidadosamente na expressão uma permanente mistura de medo e cobiça.

— Bem, eu não diria exatamente isso dele — disse Sylvester. — Eu o conheço há muito tempo. Ele estava bem há uns seis meses. Mas, se continuar assim, acho que não dura mais um ano. Acho mesmo.

— Foi aquilo que aconteceu em Miami — disse Simmons.

— O quê? — perguntou o homem rico.

Sylvester lançou um olhar através do salão para o jóquei e umedeceu os cantos da boca com a língua vermelha, carnuda.

— Um acidente. Um garoto machucou-se na pista. Quebrou uma perna e o quadril. Era muito amigo de Bitsy. Um garoto irlandês. Não era mau cavaleiro.

— É uma pena — disse o homem rico.

— É. Eles eram muito amigos — Sylvester disse. — A gente sempre se encontrava com ele no quarto de hotel de Bitsy. Eles ficavam jogando pôquer ou lendo juntos as páginas esportivas, deitados no chão.

— Bem, essas coisas acontecem — disse o homem rico. Simmons cortava seu filé. Colocara o garfo sobre o prato e, cuidadosamente, amontoava cogumelos com a lâmina da faca. — Ele é louco — repetiu. — E me deixa nervoso.

Todas as mesas do salão estavam ocupadas. Havia uma festa na mesa de banquete do centro, mariposas verdes e brancas tinham entrado no lugar desde o começo da noite e agora adejavam ao redor das chamas claras das velas. Duas garotas usando calças compridas de flanela e blazer entraram de braço dado e atravessaram o salão em direção ao bar. Da rua principal, lá fora, chegavam os ecos da histeria das férias.

— Dizem que, em agosto, Saratoga é, per capita, a cidade mais rica do mundo. — Sylvester dirigiu-se ao homem rico. — O que você acha?

— Não sei — disse o homem rico. — Deve ser mesmo.

Delicadamente, Simmons limpou a boca engordurada com o dedo indicador.

— E o que você me diz de Hollywood? E Wall Street?

— Espere — disse Sylvester. — Ele decidiu vir até aqui.

O jóquei tinha deixado a parede e vinha se aproximando da mesa no canto. Caminhava com um andar estudado, balançando as pernas num meio círculo em cada passo, os calcanhares batendo fortemente contra o tapete de veludo vermelho no chão.

No caminho, esbarrou no cotovelo de uma mulher gorda vestida de cetim branco, na mesa do banquete. Ele recuou e inclinou-se com uma cortesia exagerada, os olhos quase fechados. Quando terminou de cruzar o salão, puxou uma cadeira e sentou-se num canto da mesa, entre Sylvester e o homem rico, sem nenhum cumprimento ou mudança de expressão na face imóvel e cinzenta.

— Você já jantou? — Sylvester perguntou.

— Algumas pessoas chamariam de jantar o que comi. — A voz do jóquei era alta, amarga, clara.

Sylvester colocou cuidadosamente a faca e o garfo no prato. O homem rico mudou de posição, virando-se de lado na cadeira e cruzando as pernas. Estava vestido com calças de sarja de montaria, botas sem lustro e uma jaqueta marrom muito gasta; era a sua roupa de sempre, dia e noite na temporada de corridas, embora nunca alguém o tivesse visto montar. Simmons continuou comendo.

— Quer um pouco de água com gás? — perguntou Sylvester. — Ou alguma coisa assim?

O jóquei não respondeu. Tirou do bolso uma cigarreira dourada e abriu-a com um estalo. Dentro havia alguns cigarros e um pequeno canivete dourado. Ele usava o canivete para cortar os cigarros ao meio. Quando terminou de acender o cigarro, levantou a mão para um garçom que passava.

— Um *bourbon* de Kentucky, por favor.

— Agora escute, garoto — disse Sylvester.

— Não me chame de garoto.

— Seja razoável. Você sabe que precisa ser razoável.

O jóquei levantou o canto esquerdo da boca numa careta de escárnio. Seus olhos baixaram até a comida espalhada na mesa, mas, em seguida, olhou para cima outra vez. Diante do homem rico havia um peixe assado, com molho e guarnição de salsa. Sylvester tinha pedido ovos "Benedict". Havia aspargos, milho tostado na manteiga e um pratinho com azeitonas pretas. Em frente ao jóquei, no canto da mesa, estava um prato de batatas fritas. Ele desviou os olhos da comida, mas manteve-os fixos no arranjo de rosas do centro da mesa.

— Acho que vocês não se lembram de uma certa pessoa chamada McGuire — ele disse.

— Escute — disse Sylvester.

O garçom serviu o uísque, e o jóquei ficou acariciando o copo com suas mãos pequenas, fortes e calosas. Em seu pulso havia uma pulseira de ouro, que ele batia contra o tampo da mesa. Depois de rodar o copo entre a palma das mãos, o jóquei subitamente bebeu o uísque todo em dois rápidos goles. Largou o copo, decidido.

— Não, acho que a memória de vocês não é assim tão boa e ampla — ele disse.

— Claro que é, Bitsy — disse Sylvester. — Por que você está agindo desse jeito? Recebeu notícias do garoto hoje?

— Recebi uma carta — o jóquei disse. — A pessoa de quem estamos falando saiu do hospital na quarta-feira. Uma perna 5 centímetros mais curta que a outra. Isso é tudo.

Sylvester estalou a língua e sacudiu a cabeça.

— Eu sei como você se sente.

— Sabe mesmo? — O jóquei olhava para os pratos sobre a mesa. Seu olhar passou do peixe assado para o milho e finalmente fixou-se no prato de batatas fritas. Seu rosto estava contraído quando, rapidamente, ergueu os olhos outra vez. De uma rosa desfolhada apanhou uma das pétalas entre o polegar e o indicador e colocou-a na boca.

— Bem, essas coisas acontecem — disse o homem rico.

O treinador e o jogador tinham terminado de comer, mas ainda havia comida nos pratos em frente a eles. O homem rico mergulhou os dedos engordurados no seu copo d'água e enxugou-os com o guardanapo.

— Bem — disse o jóquei —, os senhores não querem mais nada? Talvez, quem sabe, desejam pedir mais alguma coisa. Outro filé, senhores, ou...

— Por favor — disse Sylvester. — Seja razoável. Por que você não vai lá para cima?

— Sim, por que não? — o jóquei disse. Sua voz afetada tinha se tornado mais alta, próxima do tom agudo da histeria. — Por que não vou para o meu maldito quarto e fico dando voltas nele e escrevo algumas cartas e vou para a cama como um bom menino? Por que não? — Empurrou a cadeira para trás e levantou-se. — Ah, fodam-se... Fodam-se. Quero outro drinque.

— Tudo o que eu posso dizer é que você está se matando — disse Sylvester. — Você sabe o que está fazendo a si mesmo. Você sabe muito bem.

O jóquei atravessou o salão e entrou no bar. Pediu um Manhattan, e Sylvester o observou, os calcanhares unidos, apertados, o corpo duro como o de um soldado de chumbo, afastando o dedo mínimo do copo de coquetel e bebendo o drinque lentamente.

— Ele é louco — afirmou Simmons. — Eu avisei.

Sylvester voltou-se para o homem rico.

— Se ele comer uma costeleta de cordeiro, dá para ver a forma no estômago dele uma hora depois. Ele não digere nada. Pesa 51 quilos e engordou um quilo e meio desde que saímos de Miami.

— Um jóquei não deve beber — disse o homem rico.

— A comida não o satisfaz como antes, ele não consegue digerir. Se comer uma costeleta, ela fica revirando no seu estômago, sem descer.

O jóquei terminara seu Manhattan. Esmagou a cereja no fundo do copo com o polegar, depois afastou-o. As duas garotas de blazer estavam à esquerda dele, olhando uma para a outra; no fundo do bar dois rapazes tinham começado uma discussão sobre qual era a montanha mais alta do mundo. Todas as pessoas estavam com alguém, não havia ninguém bebendo sozinho naquela noite. O jóquei pagou com uma nota nova de 50 dólares e não contou o troco.

Voltou para o salão e para a mesa na qual estavam sentados os três homens, mas não se sentou.

— Não, eu não me atreveria a pensar que a memória de vocês seja tão ampla — disse. Era tão pequeno que o tampo da mesa chegava até sua cintura, e não precisou curvar-se quando colocou as mãos magras sobre a mesa. — Não, vocês estão ocupados demais devorando seus jantares nos restaurantes. Vocês estão muito...

— Honestamente — implorou Sylvester. — Você tem que ser razoável.

— Razoável! Razoável!

O rosto cinzento do jóquei tremeu, depois imobilizou-se num sorriso gelado e desagradável. Sacudiu tanto a mesa que os pratos oscilaram e, por um momento, pareceu que ia derrubar tudo. Mas de repente parou. Estendeu a mão para o prato mais próximo e encheu a boca com um punhado de batatas fritas. Mastigava lentamente, o lábio superior levantado; então voltou-se e cuspiu a massa gosmenta no macio tapete vermelho que cobria o chão.

— Depravados — ele disse, e sua voz era fina e entrecortada. Rolou a palavra na boca, como se tivesse uma consistência e um sabor deliciosos. — Seus depravados! — repetiu. Depois deu a volta e saiu do salão com seu andar rígido.

Sylvester encolheu um dos ombros pesados, caídos. O homem rico enxugou um pouco da água que havia derramado na toalha e nenhum deles disse mais nada até que o garçom veio limpar tudo.

Madame Zilensky e o rei da Finlândia

TODO O MÉRITO DE TER TRAZIDO Madame Zilensky para a faculdade cabia ao sr. Brook, diretor do departamento de música da Universidade de Ryder. A universidade considerava isso uma sorte, pois tanto como compositora quanto como professora a reputação dela era impressionante. O sr. Brook tomou para si a responsabilidade de encontrar uma casa para Madame Zilensky, um lugar confortável, com jardim, próximo da universidade e do sobrado onde ele mesmo vivia.

Antes da chegada de Madame Zilensky, ninguém em Westbridge a conhecia. O sr. Brook tinha visto fotos dela em publicações de música e certa vez chegou a escrever-lhe sobre a autenticidade de um manuscrito de Buxtehude. Também, quando ficou decidido que ela viria para a universidade, trocaram alguns telegramas e cartas para tratar de assuntos práticos. Ela escrevia com uma letra clara e reta, e a única coisa fora do comum nas suas cartas era o fato de que continham referências ocasionais a objetos e pessoas totalmente desconhecidos para o sr. Brook, como "o gato amarelo de Lisboa" ou "o pobre Heinrich". Esses lapsos o sr. Brook atribuiu à confusão da fuga da Europa com a família.

O sr. Brook era uma pessoa um tanto singular: anos de minuetos de Mozart, de explicações sobre sétimas diminutas e tríades menores tinham desenvolvido nele uma vocação para a paciência alerta. A maior parte do tempo, conservava isso para si próprio. Odiava tumultos acadêmicos e reuniões. Anos atrás, quando os membros do departamento de música tinham decidido passar juntos o verão em Salzburgo, no último momento o sr. Brook resolveu cair fora do compromisso e fez uma solitária viagem ao Peru. Tinha algumas excentricidades e era tolerante com as peculiaridades alheias; na verdade, até se divertia com o ridículo. Muitas vezes, quando confrontado com alguma situação grave e incongruente, sentia uma espécie de pequena comichão interior, que endurecia seu rosto longo, manso, e acendia a luz nos seus olhos cinzentos.

O sr. Brook encontrou Madame Zilensky na estação de Westbridge uma semana antes do começo do semestre de outono. Reconheceu-a imediatamente. Era uma mulher alta, ereta, com um rosto pálido e magro. Seus olhos tinham fortes olheiras, usava os cabelos escuros e maltratados puxados para a nuca. As mãos grandes, delicadas, estavam um tanto sujas. Em volta dela havia uma espécie de halo, alguma coisa nobre e abstrata que fez com que o sr. Brook recuasse por um momento para ficar brincando com as abotoaduras. Apesar das roupas — uma longa saia preta e uma velha e surrada jaqueta de couro —, ela passava uma impressão de vaga elegância. Com Madame Zilensky estavam três crianças, meninos entre 10 e 6 anos, todos louros e bonitos, de olhos claros. Havia outra pessoa, uma mulher velha, que mais tarde ele soube tratar-se da criada finlandesa.

Este foi o grupo que ele encontrou na estação. A única bagagem que traziam eram duas imensas caixas de manuscritos, o resto fora esquecido na estação de Springfield, quando trocaram de trem. Era o tipo de coisa que podia acontecer a qualquer um. Quando o sr. Brook colocou-os num táxi, pensando que o pior havia passado, subitamente Madame Zilensky tentou saltar por cima dos joelhos dele para jogar-se porta afora.

— Meu Deus! — ela dizia. — Esqueci o meu... como é mesmo que vocês dizem?... o meu tic-tic-tic...

— Seu relógio? — perguntou o sr. Brook.

— Oh, não! — ela disse com veemência. — Você sabe, meu tic-tic-tic — e movia o dedo indicador de um lado para o outro, como se fosse um pêndulo.

— Tic-tic... — disse o sr. Brook, levando as mãos à cabeça e fechando os olhos. — Talvez a senhora esteja querendo dizer um *metrônomo?*

— Sim! Sim! Acho que o perdi naquela mudança de trens.

O sr. Brook procurou tranquilizá-la. Chegou a dizer, com uma espécie de galanteria atordoada, que conseguiria outro para ela no dia seguinte. Mas, por enquanto, tinha que admitir que era um tanto curioso aquele pânico por causa de um metrônomo, quando todo o resto da bagagem se extraviara.

Os Zilensky instalaram-se na casa ao lado e, aparentemente, tudo ia bem. Os meninos eram crianças tranquilas. Seus nomes eram Sigmund, Bóris e Sammy. Andavam sempre juntos, um atrás do outro, em fila indiana, e Sigmund geralmente era o primeiro. Entre eles, falavam uma espécie de confuso esperanto, que acabava soando familiar na sua mistura de russo, francês, finlandês, alemão e inglês. Perto de outras pessoas, ficavam estranhamente silenciosos. E essa não era a única coisa que os Zilensky diziam ou faziam que deixava o sr. Brook nervoso, havia outros pequenos detalhes. Por exemplo, quando os meninos Zilensky iam à casa dele, alguma coisa o incomodava subconscientemente, até que finalmente compreendeu que era o fato de que os meninos Zilensky nunca pisavam no tapete: davam a volta em fila indiana pela parte não coberta do chão e, se o cômodo tinha tapete, ficavam parados na porta, sem entrar. Outra coisa era que as semanas passavam e Madame Zilensky parecia não fazer o menor esforço para mobiliar a casa, além de uma mesa e algumas camas. A porta da frente ficava aberta dia e noite, e logo a casa começou a ter aquela aparência desolada e fantasmagórica de um lugar abandonado há muitos anos.

A universidade tinha muitas razões para estar satisfeita com Madame Zilensky. Era muito incisiva como professora e podia ficar profundamente indignada se qualquer Mary Owens ou Bernardine Smith não conseguisse reproduzir com clareza os trinados de Scarlatti. Instalou quatro pianos no seu estúdio da universidade e fez quatro espantados estudantes tocarem juntos as fugas de Bach. A algazarra que havia na sua área do departamento era extraordinária, mas Madame Zilensky parecia não ter nervos, e, se a força de vontade e o esforço eram suficientes para transmitir uma ideia musical, a Universidade de Ryder não podia querer mais. À noite, Madame Zilensky trabalhava na sua décima segunda sinfonia. Parecia não dormir nunca: a qualquer hora da noite que o sr. Brook olhasse pela janela, a luz no estúdio estava sempre acesa. Não, certamente não era por nenhuma razão profissional que o sr. Brook andava desconfiado.

Foi no final de outubro que ele sentiu, pela primeira vez, que alguma coisa estava definitivamente errada. Tinha almoçado com Madame Zilensky e divertira-se com a descrição muito detalhada de um safári na África que ela fizera em 1928. Mais tarde, no escritório dele, ela permaneceu muito tempo parada e ausente, perto da porta.

De sua mesa, o sr. Brook olhou-a e perguntou:

— A senhora deseja alguma coisa?

— Não, obrigada — disse Madame Zilensky. Tinha uma voz grave, bonita e sombria. — Estava só pensando. Lembra-se daquele metrônomo? O senhor acha que talvez eu o tenha esquecido na casa daquele francês?

— Quem? — perguntou o sr. Brook.

— Aquele francês com quem eu fui casada — ela respondeu.

— Um francês... — disse timidamente o sr. Brook. Tentou imaginar o marido de Madame Zilensky, mas sua mente se recusou. Murmurou para si mesmo: — O pai dos meninos.

— Claro que não — disse Madame Zilensky decidida. — O pai de Sammy.

O sr. Brook teve um rápido pressentimento. Seus instintos mais profundos advertiram-no para não dizer nada.

Mas seu respeito pela ordem, e por sua própria consciência, obrigou-o a perguntar:

— E o pai dos outros dois?

Madame Zilensky levou uma das mãos à nuca e levantou os cabelos curtos, cacheados. Seu rosto parecia sonhador, e durante muito tempo ela não respondeu. Então disse suavemente:

— Bóris é filho de um polonês tocador de flautim.

— E Sigmund? — ele perguntou. O sr. Brook olhou sua escrivaninha ordenada, com a pilha de provas corrigidas, os três lápis apontados, o elefante de marfim sobre os papéis. Quando tornou a olhar para Madame Zilensky, era evidente que ela pensava profundamente. Olhava para todos os cantos da sala, a testa franzida, o queixo movendo-se de um lado para o outro. Finalmente, ela perguntou:

— Estamos falando sobre o pai de Sigmund?

— Bem, não — disse o sr. Brook. — Não há necessidade disso.

Madame Zilensky respondeu num tom de voz ao mesmo tempo digno e definitivo:

— Era um compatriota.

O sr. Brook, na verdade, não estava preocupado com isso. Era um homem sem preconceitos: as pessoas podiam casar 17 vezes e ter filhos chineses que ele não se importava. Mas havia algo nessa conversa com Madame Zilensky que o incomodava. Subitamente, compreendeu. Os meninos não se pareciam em nada com Madame Zilensky, mas pareciam-se entre si, e tendo pais diferentes... O sr. Brook achou que a semelhança era bastante estranha.

Mas Madame Zilensky tinha encerrado o assunto. Fechou o zíper da jaqueta e foi-se.

— Foi exatamente onde o deixei — disse ela, com um rápido movimento de cabeça. — *Chez** aquele francês.

A vida no departamento de música corria tranquila. O sr. Brook não tinha dificuldades sérias para enfrentar, como no ano passado, quando uma professora de harpa fugira com um mecânico. Havia apenas aquela inquietação sobre Madame Zilensky. Ele não conseguia entender o que estava errado nas relações deles ou por que seus sentimentos eram tão confusos. Em princípio, ela era uma mulher muito viajada, mas suas conversas sobre lugares distantes eram pontilhadas de incongruências. Podia passar dias sem abrir a boca, andando pelos corredores com as mãos nos bolsos da jaqueta, o rosto meditativo. Então, de repente, agarrava-se ao sr. Brook e falava longamente, num monólogo inconstante, os olhos ferozes e brilhantes, a voz quente cheia de ansiedade. Podia falar sobre qualquer coisa e sobre nada. Mas, sem exceção, havia sempre algum tipo de detalhe estranho em qualquer episódio que mencionava. Se contava que tinha levado Sammy ao barbeiro, a impressão era tão exótica como se ela estivesse falando de uma tarde em Bagdá. O sr. Brook não podia compreender.

A verdade chegou de repente, e a verdade tornou tudo perfeitamente claro ou, pelo menos, esclareceu a situação. O sr. Brook voltara cedo para casa e acendera o fogo na pequena lareira de sua sala. Naquele entardecer, sentia-se

*Em francês no original: "em casa de". (*N. do T.*)

confortável e em paz. Sentou em frente ao fogo, com os pés apenas de meias e um volume de William Blake na mesa à sua frente, tomando meio cálice de licor de pêssego. Às dez da noite, cochilava serenamente em frente ao fogo, a cabeça cheia das frases nebulosas de Mahler e de pensamentos vagos e flutuantes. Então, de repente, no meio daquela suave sonolência, quatro palavras vieram à sua mente: "O rei da Finlândia". As palavras pareciam familiares, mas num primeiro momento não soube localizá-las. Um pouco depois, começou a lembrar. Naquela tarde, caminhava pelo *campus* quando Madame Zilensky o interrompeu e começou um daqueles absurdos monólogos, que ele ouviu apenas pela metade, pois estava pensando sobre aquele monte de cânones da aula de contraponto. Mas agora as palavras, as inflexões da voz dela voltavam com insidiosa exatidão. Madame Zilensky tinha começado com a seguinte frase:

— Um dia, quando eu estava parada em frente a uma *pâtisserie*,* o rei da Finlândia passou num trenó.

O sr. Brook ergueu-se da poltrona e colocou de lado o cálice de licor. Aquela mulher era uma mentirosa patológica. Quase todas as palavras que ela dizia fora de aula eram falsas. Se passava a noite trabalhando, dizia que fora ao cinema. Se almoçava na Taverna Velha, dizia que tinha almoçado em casa, com as crianças. Aquela mulher era simplesmente uma mentirosa patológica, isso era a razão de tudo.

O sr. Brook cerrou os punhos e abandonou a poltrona. Sua primeira reação foi de raiva. Dia após dia, Madame

*Em francês no original: "pastelaria", "confeitaria". (*N. do T.*)

Zilensky tinha o atrevimento de sentar no escritório dele para inundá-lo com aquelas ultrajantes falsidades! O sr. Brook estava furioso. Ficou dando voltas pela sala, depois entrou na cozinha e preparou um sanduíche de sardinha.

Uma hora mais tarde, sentado em frente à lareira, sua irritação transformara-se numa espécie de curiosidade científica. O que precisava fazer, disse para si mesmo, era analisar a situação de modo impessoal, olhar para Madame Zilensky como um médico olha para um paciente. As mentiras dela eram sempre inocentes. Ela não mentia com a intenção de enganar nem pretendia tirar qualquer vantagem delas. E era isso que o desconcertava: simplesmente não havia motivo por trás de sua atitude.

O sr. Brook terminou o licor. E lentamente, quando era quase meia-noite, uma compreensão tardia começou a chegar. A razão para as mentiras de Madame Zilensky era simples e triste. Ela trabalhara durante a vida inteira no piano, dando aulas ou compondo aquelas belas e imensas sinfonias. Dia e noite, ela tinha lutado e jogado sua alma no trabalho, e não restara muito dela mesma para ninguém mais. Sendo humana, sofria com aquela falta e fazia o possível para compensá-la. Se passava a tarde debruçada sobre uma mesa da biblioteca e mais tarde contava que tinha passado o tempo jogando cartas, era como se tivesse feito as duas coisas. Através das mentiras, vivia uma vida dupla. As mentiras duplicavam o pouco de existência que lhe restava fora do trabalho e aumentavam o pequeno espaço de sua vida pessoal.

O sr. Brook olhou para o fogo, mas o rosto de Madame Zilensky estava em sua mente: um rosto severo, com cansados olhos escuros e boca delicadamente disciplinada. Aos poucos, ele tomou consciência de um calor em seu peito, de um sentimento de piedade, proteção e enorme compreensão. Por algum tempo, permaneceu nesse estado de afetuosa confusão.

Mais tarde, enquanto escovava os dentes e vestia o pijama, pensou que devia ser prático. O que é que fora esclarecido? E o francês, o polonês com o flautim, Bagdá? E as crianças, Sigmund, Bóris e Sammy, quem eram? Seriam realmente filhos dela, ou apenas os encontrara em algum lugar? O sr. Brook limpou as lentes dos óculos, colocou-os na mesinha ao lado da cama. Tinha que estabelecer um acordo com ela. Caso contrário, poderia criar-se no departamento uma situação problemática. Eram duas da manhã. Ele olhou pela janela e viu que a luz no estúdio de Madame Zilensky continuava acesa. O sr. Brook se deitou, ensaiando caras terríveis no escuro e elaborando um plano que colocaria em prática no dia seguinte.

O sr. Brook chegou ao seu escritório às oito horas. Entrincheirou-se atrás da escrivaninha, pronto para saltar sobre Madame Zilensky assim que ela passasse pelo corredor. Não precisou esperar muito e, logo que ouviu os passos dela, chamou-a pelo nome.

Madame Zilensky parou na porta. Parecia ausente e fatigada.

— Como vai o senhor? — ela perguntou. — Eu passei uma noite muito tranquila.

— Por favor, sente-se — disse o sr. Brook. — Eu gostaria de trocar umas palavrinhas com a senhora.

Madame Zilensky colocou a pasta de lado e sentou-se na poltrona em frente a ele.

— Sim? — ela perguntou.

— Ontem, a senhora falou comigo quando eu estava caminhando pelo *campus* — ele disse lentamente. — E não sei se fiz alguma confusão, mas acho que a senhora falou qualquer coisa sobre uma pastelaria e o rei da Finlândia. Foi isso mesmo?

Madame Zilensky curvou a cabeça para um lado e começou a olhar fixamente para uma das quinas da janela.

— Alguma coisa sobre uma pastelaria — ele repetiu. O rosto cansado dela se iluminou.

— Mas claro — disse com veemência. — Contei daquela vez em que eu estava em frente a uma loja e então o rei da Finlândia...

— Madame Zilensky! — gritou o sr. Brook. — Não existe rei na Finlândia.

Madame Zilensky parecia absolutamente confusa. Então, depois de um instante, começou de novo:

— Eu estava parada em frente à *pâtisserie* de Bjarne quando parei de olhar os pastéis e de repente vi o rei da Finlândia...

— Madame Zilensky, eu estou justamente dizendo à senhora que não existe nenhum rei na Finlândia.

— Em Helsingfors — ela tentou de novo, desesperadamente, e começou a contar outra vez do rei, até que ele a interrompeu.

— A Finlândia é uma democracia — ele disse. — Não é possível que a senhora tenha visto o rei da Finlândia. Portanto, o que a senhora acabou de contar é uma inverdade. Uma mentira pura.

Nunca mais o sr. Brook conseguiu esquecer o rosto de Madame Zilensky naquele momento. Nos olhos dela havia surpresa, consternação e uma espécie de horror encurralado. Ela tinha a aparência de alguém que, de repente, vê todo seu mundo interior desintegrado.

— Sinto muito — disse o sr. Brook, realmente compadecido. Mas Madame Zilensky se recompôs. Empinou o queixo e disse friamente:

— Eu sou finlandesa.

— Não duvido — respondeu o sr. Brook. Mas, pensando bem, duvidava um pouco.

— Eu nasci na Finlândia e sou uma cidadã finlandesa.

— Muito bem — disse o sr. Brook em voz mais alta.

— Durante a guerra — ela continuou apaixonadamente —, dirigi uma motocicleta e fui mensageira.

— O seu patriotismo não vem ao caso.

— Só porque estou providenciando os papéis de naturalização...

— Madame Zilensky! — disse o sr. Brook. Suas mãos agarraram o tampo da mesa. — Isso é um assunto irrelevante. O fato é que a senhora confirma e assegura que viu... que a senhora viu... — Mas não conseguiu terminar. O rosto dela o deteve. Estava mortalmente pálida, havia sombras ao redor de sua boca. Seus olhos estavam escancarados, assustadores... e orgulhosos. Subitamente, o sr. Brook sentiu-se como um assassino. Uma grande confusão de sentimentos — compreensão, remorso e um inexplicável amor — o fez cobrir o rosto com as mãos. Não conseguiu falar até que se aquietasse a agitação dentro dele. Então disse fracamente: — Sim. Claro. O rei da Finlândia. E ele estava bem?

Uma hora mais tarde, o sr. Brook estava sentado, olhando para além da janela de seu escritório. As árvores ao longo da rua tranquila de Westbridge, os edifícios cinzentos da universidade, tudo parecia calmo e melancólico. Enquanto olhava preguiçosamente para a paisagem familiar, viu o velho cão Airedale da família Drake descer a rua trotando. Era uma coisa que vira centenas de vezes antes, então por que parecia tão estranho? Depois, com uma espécie de serena surpresa, percebeu que o velho cão andava para trás. O sr. Brook ficou observando Airedale até perdê-lo de vista, em seguida voltou àqueles cânones das aulas de contraponto.

O transeunte

NAQUELA MANHÃ, A FRONTEIRA CREPUSCULAR entre o sono e a vigília era romana: fontes jorrando, ruas estreitas com arcos, a cidade dourada repleta de flores e pedras polidas pelos anos. As vezes, neste estado de semiconsciência, ele estava outra vez de passagem por Paris, ou entre os escombros da guerra na Alemanha, ou esquiando na Suíça e num hotel no meio da neve. Às vezes, também, num terreno baldio da Geórgia, em certa madrugada. Esta manhã, na região sem tempo dos sonhos, era Roma.

John Ferris acordou num quarto de hotel em Nova York. Tinha a impressão de que alguma coisa desagradável estava à sua espera, mas não saberia dizer o quê. A sensação, submersa nas necessidades matinais, persistiu até depois de ele vestir-se para descer. Era um dia limpo de outono, a luz pálida do sol passava entre os edifícios de cores pastel. Ferris entrou na primeira lanchonete e sentou-se na ponta do balcão, perto da vidraça que dava para a rua. Pediu um *breakfast* bem americano, com ovos mexidos e salsichas.

Ferris viera de Paris para o enterro do pai, realizado uma semana atrás na sua cidade natal, na Geórgia. O choque da morte o fez ter consciência de que a juventude passara. Seus cabelos estavam caindo, as veias nas têmporas nuas pareciam mais proeminentes e latejantes, seu corpo ainda estava em forma, apesar de uma barriga incipiente. Ferris amava o pai, e a ligação entre ambos chegara a ser extraordinariamente íntima, mas os anos tinham acabado por diluir um pouco essa devoção filial. A morte, esperada há tanto tempo, tinha deixado nele uma fraqueza imprevista. Procurou ficar o máximo de tempo possível perto da mãe e dos irmãos, mas seu avião para Paris saía na manhã seguinte.

Ferris consultou a caderneta de endereços para confirmar um número. Virou as páginas com interesse crescente. Nomes e endereços de Nova York, de capitais da Europa, alguns poucos de seu estado do Sul. Nomes esquecidos, em letras de forma, nomes bêbados em garranchos. Betty Wills: um amor passageiro, agora casada. Charlie Williams: ferido na floresta de Hürtgen, desaparecido desde então. O grande e velho Williams... estaria vivo ou morto? Don Walker: um apresentador de televisão, ficando rico. Henry Green: neurótico de guerra, agora num sanatório, diziam. Cozie Hall: ouvira dizer que tinha morrido. Imprudente, divertida Cozie... Era estranho pensar que também ela, aquela garota maluca, podia morrer. Quando Ferris fechou a caderneta, teve uma sensação de azar, de transitoriedade, quase de medo.

Foi então que seu corpo estremeceu de repente. Estava olhando pela vidraça quando, ali mesmo na calçada, viu sua ex-esposa. Elizabeth passou muito perto dele, caminhando lentamente. Ele não conseguiu compreender o estremecimento selvagem em seu coração nem a sensação de repouso e encantamento depois que ela passou.

Rapidamente, Ferris pagou e saiu para a rua. Elizabeth estava parada na esquina, esperando o sinal abrir para atravessar a Quinta Avenida. Precipitou-se em direção a ela, com vontade de falar, mas o sinal mudou e ela atravessou a rua antes que pudesse alcançá-la. Ferris a seguiu. Do outro lado, poderia facilmente ter alcançado a mulher, mas surpreendeu-se retardando o passo. Os cabelos castanhos dela estavam penteados com simplicidade e, enquanto a observava, Ferris lembrou que uma vez seu pai dissera que Elizabeth tinha um "caminhar bonito". Ela dobrou a outra esquina, e Ferris continuou a segui-la, embora sua vontade de conversar com ela tivesse desaparecido. Ferris perguntou-se sobre as causas dos distúrbios de seu corpo que a visão de Elizabeth tinha provocado: suor nas mãos, batidas loucas do coração.

Há oito anos Ferris não via sua ex-mulher. Sabia que tinha casado de novo, algum tempo atrás. E tinha filhos. Durante os últimos anos, só raramente pensava nela. Mas no começo, logo depois do divórcio, a perda quase o tinha destruído. Então, aos poucos, depois de um tempo anódino, ele tinha se apaixonado outra vez, e mais uma vez. Jeannine, era ela agora. Certamente seu amor pela ex-mulher era coisa do passado. Então, por que aquele desassossego no corpo, a mente disparada? Ele sabia apenas que seu coração enevoado não combinava com aquele ensolarado e inocente dia de outono. Ferris voltou-se de repente e, com longas passadas, quase correndo, voltou para o hotel.

Pediu uma bebida, embora ainda não fossem 11 horas. Deixou-se cair numa poltrona como um homem exausto, acariciando o copo de uísque com gelo. Tinha um dia cheio pela frente, se quisesse partir na manhã seguinte para Paris. Enumerou os compromissos: levar a bagagem à Air France, almoçar com seu chefe, comprar um par de sapatos e um sobretudo. E alguma coisa... não havia mais alguma coisa? Ferris terminou seu drinque e abriu a lista telefônica.

A decisão de ligar para a ex-mulher foi impulsiva. O número estava em Bailey, o nome do marido dela, e anotou-o antes que tivesse muito tempo para pensar. Elizabeth e ele haviam trocado cartões de Natal, Ferris enviara um faqueiro de presente quando recebeu o convite de casamento dela. Não havia motivo para *não* ligar. Mas, enquanto esperava ouvindo o chamado do outro lado, a dúvida começou a inquietá-lo.

Elizabeth atendeu. A voz familiar foi um choque agradável para ele. Teve que repetir seu nome duas vezes, mas, quando ela o reconheceu, parecia contente. Ele explicou que estava na cidade somente naquele dia. Eles tinham um compromisso para ir ao teatro, ela disse, mas adoraria se pudesse vir para jantar, um pouco mais cedo. Ferris disse que ficaria encantado em ir.

Enquanto fazia suas coisas durante o dia, ele era às vezes tomado pela sensação de que alguma coisa importante fora esquecida. Ao entardecer, Ferris tomou banho e trocou de roupa, pensando muitas vezes em Jeannine. Estaria com ela na noite seguinte. "Jeannine", diria, "encontrei casualmente minha ex-mulher quando estava em Nova York. Jantei com ela. E o marido dela, claro. Foi estranho vê-la depois de todos esses anos."

Elizabeth morava na avenida Cinquenta e tantos, e, enquanto atravessava de táxi o centro da cidade, Ferris podia observar o pôr do sol demorado, mas, quando chegou a seu destino, a noite de outono já tinha caído. Era um edifício com marquise e porteiro, o apartamento no sétimo andar.

— Entre, sr. Ferris.

Preparado para Elizabeth, ou mesmo para o marido não imaginado, Ferris ficou surpreso com o garoto sardento e de cabelos vermelhos. Sabia das crianças, mas não fora capaz de imaginá-las de forma tão objetiva. A surpresa o fez retroceder, dando um passo estonteado para trás.

— Este é o nosso apartamento — o menino disse educadamente. — O senhor é o sr. Ferris, não é? Eu sou Billy. Entre.

Na sala, do outro lado do corredor, o marido reservava outra surpresa. Ferris também não estava emocionalmente preparado. Bailey era um homem pesado, de cabelos vermelhos e gestos decididos. Levantou e estendeu a mão.

— Sou Bill Bailey. Prazer em conhecê-lo. Elizabeth vem logo. Está terminando de se vestir.

As últimas palavras despertaram uma série de vibrações, memórias de outros anos. Elizabeth clara, rosada e nua, antes do banho. Meio vestida em frente ao espelho da penteadeira, escovando seus finos cabelos castanhos. Doce intimidade casual, a macia afetividade da carne, possuída sem discussões. Ferris afastou essas lembranças inesperadas e forçou-se a olhar para Bill Bailey.

— Billy, você pode trazer aquela bandeja de drinques de cima da mesa da cozinha?

O menino obedeceu prontamente. Depois que ele saiu, Ferris comentou:

— Vocês têm um lindo garoto.

— Nós também achamos.

Fez-se silêncio até que o menino voltou trazendo a bandeja com copos e uma coqueteleira de martínis. Depois do primeiro drinque, a conversa se animou, falaram sobre a Rússia, a chuva artificial em Nova York, o problema dos apartamentos em Manhattan e Paris.

— Amanhã o sr. Ferris vai voar sobre o oceano — Bailey disse para o menino, que montara no braço de sua poltrona, quieto e bem educado. — Aposto como você iria de clandestino na mala dele.

Billy jogou para trás as mechas macias dos cabelos.

— Eu quero voar num aeroplano e ser jornalista como o sr. Ferris. — E acrescentou, com súbita segurança: — É o que eu quero ser, quando for grande.

Bailey disse:

— Achei que você queria ser médico.

— Eu quero! — disse Billy. — Quero ser os dois. Quero também ser um cientista de bombas atômicas.

Elizabeth entrou, com uma menina nos braços.

— Oh, John! — ela disse. Acomodou a menina nos joelhos do pai. — Que bom ver você! Estou feliz que tenha vindo.

A menina estava sentada, muito séria, nos joelhos de Bailey. Usava um vestidinho rosa-claro de crepe chinês, com uma fita de seda da mesma cor prendendo os anéis claros dos cabelos. Sua pele ainda estava morena do sol de verão, seus olhos castanhos pontilhados de ouro eram sorridentes. Quando estendeu os dedos para os óculos do pai, ele tirou-os e deixou-a olhar um pouco através das lentes.

— Como vai você, meu docinho?

Elizabeth estava muito bonita, mais bonita talvez do que ele jamais a vira. Os cabelos brilhavam, o rosto estava mais suave, brilhante e sereno. Era uma madona encantadora, perfeitamente à vontade no ambiente familiar.

— Você não mudou nada — disse Elizabeth. — E já faz tanto tempo...

— Oito anos. — Ele passou, conscientemente, a mão pelos cabelos, enquanto conversavam outras amenidades.

De repente, Ferris sentiu-se como um espectador, um intruso entre os Bailey. Por que viera? Estava sofrendo. Sua própria vida parecia solitária, uma frágil coluna suportando o naufrágio dos anos, sem qualquer apoio. Sentiu que não poderia suportar por muito tempo aquele ambiente doméstico. Olhou para o relógio.

— Vocês não vão ao teatro?

— É uma vergonha — Elizabeth disse. — Mas temos esse compromisso há mais de um mês. Mas claro que um dia desses você volta para casa, John. Não vai se tornar um desses expatriados, não é?

— Expatriado — Ferris repetiu. — Não gosto muito dessa palavra.

— Existe outra melhor? — ela perguntou.

Ele pensou um pouco.

— Transeunte, talvez.

Ferris olhou outra vez para o relógio, e outra vez Elizabeth desculpou-se:

— Se nós tivéssemos sabido com tempo...

— Passei só o dia de hoje na cidade. Eu não esperava vir. Sabe, papai morreu na semana passada.

— Papai Ferris morreu?

— Sim, no Hospital John Hopkins. Ele estava doente há um ano. O enterro foi em casa, na Geórgia.

— Oh, sinto tanto, John! Papai Ferris sempre foi uma das pessoas de quem mais gostei.

O garoto levantou para poder ver de perto o rosto da mãe. Perguntou:

— Quem morreu?

Ferris estava muito atordoado para compreender, pensava na morte do pai. Viu outra vez o corpo estendido na seda dourada do caixão. O cadáver fora maquiado de maneira extravagante, e aquelas mãos familiares jaziam unidas entre um excesso de rosas mortuárias. As lembranças diluíram-se, e Ferris despertou com a voz calma de Elizabeth.

— O pai do sr. Ferris, Billy. Era uma grande pessoa. Você não o conhecia.

— Mas por que você o chama de *Papai* Ferris?

Bailey e Elizabeth trocaram um olhar furtivo. Foi Bailey quem respondeu à pergunta do menino.

— Muito tempo atrás — ele disse —, a sua mãe e o sr. Ferris foram casados. Antes de você ter nascido, há muito tempo.

— O sr. Ferris?

O garoto ficou olhando para Ferris, desconfiado e incrédulo. E os olhos de Ferris, quando devolveu o olhar, também tinham certa incredulidade. Seria mesmo verdade que, certa vez, chamara a essa estranha, Elizabeth, de "meu patinho" durante noites de amor, que haviam vivido juntos, compartilhado talvez milhares de dias e noites e, finalmente, suportado juntos, em meio à miséria da súbita solidão, a lenta destruição (ciúme, álcool, brigas por dinheiro) do amor conjugal?

Bailey disse para o menino:

— Hora de comer. Agora vamos.

— Mas, papai... mamãe e o sr. Ferris... eu...

O olhar insistente de Billy, perplexo, com uma ponta de hostilidade, lembrou a Ferris o olhar de outro menino. O filho de Jeannine, um menino de sete anos, de rostinho sombrio e joelhos ossudos, que Ferris evitava e esquecia com frequência.

— Em frente, marche! — Bailey conduziu Billy gentilmente até a porta. — Diga boa-noite agora, filho.

— Boa noite, sr. Ferris. — E acrescentou, ressentido: — Achei que ia ficar para o bolo.

— Você pode vir mais tarde para o bolo — Elizabeth disse. — Agora vai jantar com papai.

Ferris e Elizabeth ficaram sozinhos. O peso da situação abateu-se sobre os dois, naqueles primeiros momentos de silêncio. Ferris pediu permissão para servir-se de outro drinque, e Elizabeth colocou a coqueteleira perto dele. Ele olhou para o grande piano, observando a partitura na estante de música.

— Você continua tocando tão bonito como tocava?

— Ainda gosto de tocar.

— Por favor, toque, Elizabeth.

Elizabeth levantou-se imediatamente. Aquela prontidão em atender quando pediam que tocasse era sempre uma de suas amabilidades. Nunca se fazia de rogada, com desculpas. Agora, enquanto se aproximava do piano, além da prontidão havia também certo alívio.

Ela começou com um prelúdio e fuga de Bach. O prelúdio era alegre, iridescente como um prisma na luz da manhã. A primeira voz da fuga, uma anunciação pura e solitária, repetia-se interminavelmente com uma segunda voz, e outra vez repetia-se com uma execução elaborada; a música múltipla, horizontal e serena fluía com lenta majestade. A melodia principal entrelaçava-se com duas outras vozes, embelezada por inúmeras soluções engenhosas: agora dominadora, depois submergindo, depois com a força sublime de uma coisa solitária que não teme perder-se no conjunto. Quase no fim, a densidade da peça uniu-se para a afirmação final, enriquecida pela insistência do primeiro movimento, e com um último acorde pareceu terminar.

Ferris descansava a cabeça no encosto da poltrona, os olhos fechados. No silêncio que se seguiu, uma voz clara e alta veio da outra sala através do corredor:

— Papai, como é que pode mamãe e o sr. Ferris...

Uma porta foi fechada lá dentro.

O piano começou novamente. Que música era aquela? Sem lugar, mas familiar, a melodia límpida tinha ficado adormecida por muito tempo em seu coração Agora falava a ele de outro tempo, outro lugar: era a música que Elizabeth costumava tocar... O ar ficou cheio de recordações. Ferris estava perdido num tumulto de anseios passados, conflitos, desejos ambíguos. Era estranho que a música, catalisando essa anarquia tumultuada, fosse serena e límpida. A melodia principal foi interrompida pela aparição da empregada.

— Senhora, o jantar está servido.

Mesmo depois de estar sentado à mesa, entre os anfitriões, a música inacabada continuava dentro dele. Estava um pouco bêbado.

— *L'improvisation de la vie humaine** — ele disse. — Não há nada que deixe você tão consciente da improvisação da existência humana quanto uma canção inacabada. Ou uma velha caderneta de endereços.

— Caderneta de endereços? — repetiu Bailey. Depois interrompeu-se, prudente e educado.

— Você continua o mesmo menino velho, Johnny — disse Elizabeth com algo da velha ternura.

Naquela noite, foi um jantar no estilo do Sul, e os pratos eram os preferidos dele. Havia galinha assada, torta de milho e deliciosas batatas-doces. Durante o jantar, Elizabeth manteve a conversa viva quando os silêncios ficavam longos demais. E foi assim que Ferris falou de Jeannine:

— A primeira vez em que encontrei Jeannine foi no outono passado, mais ou menos nesta época do ano, na Itália. Ela é cantora, tinha um contrato em Roma. Acho que vamos casar logo.

---

*Em francês no original: "A improvisação da existência humana". (*N. do T.*)

As palavras soavam tão verdadeiras e inevitáveis que, ao pronunciá-las, Ferris não parecia estar mentindo. Durante aquele ano, Jeannine e ele nunca tinham falado sobre casamento. E, realmente, ela continuava casada — com um russo branco, agente da Bolsa em Paris, de quem estava separada há cinco anos. Mas era tarde demais para corrigir a mentira. E Elizabeth já estava dizendo:

— Fico feliz de saber. Meus parabéns, Johnny. Ele tentou compensar, dizendo coisas verdadeiras:

— O outono em Roma é muito bonito. Suave, cheio de flores. — Acrescentou: — Jeannine tem um filho de 7 anos. Um garoto interessante, que fala três idiomas. Às vezes nós vamos às Tulherias.

Outra mentira. Ele tinha levado o menino somente uma vez aos jardins. O pálido menino estrangeiro, com calças curtas que mostravam pernas muito magras, fizera um barquinho para brincar no lago de cimento e montara um pônei. Queria ver o teatro de fantoches, mas não havia tempo, porque Ferris tinha um compromisso no Scribe Hotel. Prometeu que outro dia o levaria para ver os bonecos. Apenas uma vez ele levara Valentin às Tulherias.

Ouviu-se uma agitação, e surgiu a criada com um bolo branco cheio de velas cor-de-rosa. As crianças entraram, com roupas de dormir. Ferris não compreendia.

— Feliz aniversário, John — Elizabeth disse. — Assopre as velas. Ferris lembrou que era seu aniversário. As velas foram apagando devagar, ficou no ar um cheiro de cera queimada. Ferris estava fazendo 38 anos. As veias nas têmporas dele escureceram e pulsaram de maneira visível.

— Está na hora de vocês irem para o teatro.

Ferris agradeceu a Elizabeth pelo jantar de aniversário e fez as despedidas apropriadas. A família inteira acompanhou-o até a porta.

Uma lua alta, esguia, brilhava sobre os escuros e denteados arranha-céus. O vento soprava nas ruas frias. Ferris caminhou até a Terceira Avenida e tomou um táxi. Olhou a cidade com a atenção deliberada de quem parte, talvez de quem se despede. Ele estava só. Desejou que chegasse logo a hora do voo e da viagem.

No dia seguinte, olhou a cidade do alto, reluzente ao sol, definida como um brinquedo. Em seguida, a América ficou para trás, e só restava o Atlântico e a costa europeia. O oceano parecia leitoso, pálido e plácido sob as nuvens. Ferris dormiu a maior parte do dia. Quando estava anoitecendo, pensou em Elizabeth e na visita do dia anterior. Pensou em Elizabeth entre sua família com desejo, mansa inveja e uma inexplicável piedade. Procurou a melodia, a frase musical interrompida que tanto o emocionara. A cadência, alguns sons dispersos ainda permaneciam, mas a própria melodia tinha se perdido. Conseguia lembrar a primeira voz da fuga que Elizabeth tocara, chegava até ele ironicamente invertida, num tom menor. Suspenso sobre o oceano, a ansiedade com a solidão e a transitoriedade das coisas deixaram de torturá-lo, e pensou serenamente na morte do pai. Durante o jantar, o avião alcançou a costa francesa.

À meia-noite, Ferris estava num táxi, atravessando Paris. Era uma noite enevoada, a neblina colocava halos nas luzes da praça da Concórdia. Os bistrôs noturnos brilhavam nas calçadas úmidas. Como sempre, depois de um voo sobre o oceano, a mudança de continentes era rápida demais. Nova York pela manhã, à meia-noite Paris. Ferris percebeu a desordem de sua vida: a sucessão de cidades, os amores transitórios e o tempo, o sinistro deslizar dos anos, sempre o tempo.

— *Vite! Vite!* — disse aterrorizado. — *Dépêchez-vous!**

Valentin abriu a porta para ele. O menino estava de pijama e um roupão vermelho muito grande. Seus olhos cinzentos pareciam sombrios e piscaram momentaneamente quando Ferris entrou.

— *J'attends maman.***

Jeannine estava cantando numa boate. Não estaria de volta antes de uma hora. Valentin voltou ao desenho que fazia com lápis de cor numa folha de papel estendida no chão: um tocador de banjo, com as notas e a pauta musical dentro de um balão, como nas histórias em quadrinhos.

— Vamos às Tulherias outra vez.

O menino levantou a cabeça, Ferris puxou-o para perto de seus joelhos. A melodia, a inacabada música que Elizabeth tinha tocado, voltou subitamente. Sem esforço, a memória revelou-se, trazendo somente reconhecimento e uma súbita alegria.

— *Monsieur Jean* — o menino disse —, o senhor o viu? — Confuso, Ferris pensou naquele outro menino, aquele sardento, bem-amado pela família.

---

*Em francês no original: "Rápido! Rápido! Apresse-se!" (*N. do T.*)

**Em francês no original: "Estou esperando mamãe." (*N. do T.*)

— Viu quem, Valentin?

— O seu papai morto, na Geórgia — o menino disse. E acrescentou: — Ele estava bem?

Ferris falou com rapidez:

— Iremos muitas vezes às Tulherias. Andar no pônei e ver o *guignol*.* Vamos assistir ao teatro de marionetes sem pressa nenhuma.

— *Monsieur Jean* — Valentin disse. — O *guignol* está fechado agora.

Outra vez o terror, a compreensão dos anos perdidos e da morte. Impulsivo e confiante, Valentin encolheu-se nos seus braços. O rosto dele tocou o rosto macio do menino, sentindo o delicado roçar das pestanas. Com um desespero escondido, puxou o menino para perto de si, como se achasse que a grande emoção do amor que sentia fosse capaz de dominar o pulsar do tempo.

*Espetáculo de marionetes tipicamente francês, com temas frequentemente violentos ou satíricos. (*N. da E.*)

Um dilema doméstico

NA QUINTA-FEIRA, MARTIN MEADOWS saiu do escritório suficientemente cedo para tomar o primeiro ônibus para casa. Era a hora em que a luminosidade lilás da tarde se extinguia nas ruas lamacentas, mas, quando o ônibus deixou a parada, já tinha descido a noite brilhante da cidade. Às quintas, a empregada tinha a tarde livre, e Martin gostava de chegar em casa o mais cedo possível, agora que, desde o ano passado, sua mulher não passava... bem. Nessa quinta, ele estava muito cansado e, esperando que nenhum viajante habitual o escolhesse para conversar, concentrou a atenção no jornal até que o ônibus cruzasse a Ponte George Washington. Depois de alcançar a estrada 9-W, Martin sempre sentia que a viagem estava na metade, respirava profundamente, inclusive no inverno gelado, quando somente fiapos de correntes cortavam o ar enfumaçado do ônibus, confiante que estava respirando o ar do campo. Costumava ser nesse ponto que relaxava e começava a pensar com prazer em sua casa. Mas, no último ano, aquela aproximação trazia apenas um sentimento de tensão, e ele não tinha pressa em terminar a viagem. Naquela tarde, Martin manteve o rosto muito próximo da janela, olhando os campos estéreis e as luzes solitárias dos barcos no rio. Havia uma lua pálida sobre a terra escura e manchas de neve porosa e gasta. Para Martin, naquela tarde o campo parecia imenso e desolado. Ele apanhou o chapéu do assento e guardou o jornal dobrado no bolso do sobretudo, um pouco antes de dar o sinal de parada.

A casa ficava a um quarteirão da parada de ônibus, perto do rio, mas não propriamente na margem. Da janela da sala, olhando-se através da rua e do jardim em frente, podia-se ver o Hudson. A casa era moderna, talvez branca demais, nova, num pedaço minúsculo de terreno. No verão, a grama era macia e brilhante, e Martin plantara cuidadosamente um canteiro de flores e uma treliça de rosas. Mas durante o frio, nos meses áridos, o jardim ficava desolado e a casa parecia nua. Naquela tarde, as luzes estavam acesas em todas as peças da pequena casa, e Martin entrou rapidamente. Na escada da frente, parou para tirar do caminho um carrinho de brinquedo.

As crianças estavam na sala, tão entretidas em suas brincadeiras que nem viram a porta da frente abrir. Martin ficou olhando para elas, tão seguras e engraçadas. Tinham aberto a gaveta de baixo da escrivaninha para apanhar os enfeites de Natal. Andy conseguira acender três luzes da árvore, e as lâmpadas verdes e vermelhas brilhavam sobre o tapete da sala, com uma festividade fora de época. Agora estava tentando enfeitar o cavalinho de Marianne com a fieira de luzes. Sentada no chão, Marianne arrancava as asas de um anjo. As crianças o receberam ruidosamente. Martin ergueu a menininha gorda até a altura dos ombros, e Andy agarrou-se nas pernas do pai.

— Papaizinho! Papaizinho! Papaizinho!

Cuidadosamente, Martin depositou a menina no chão e balançou Andy no ar, como se fosse um pêndulo. Depois começou a guardar os enfeites da árvore de Natal.

— O que estas coisas estão fazendo aqui? Ajudem-me a guardar de volta na gaveta. Vocês não devem brincar com as luzes. Lembram que eu já tinha dito isso? Estou falando sério, Andy.

O menino de 6 anos concordou e ajudou-o a guardar os enfeites. Martin acariciou seus cabelos louros e macios, sua mão demorou-se ternamente na nuca frágil do filho.

— Já jantou, macaquinho?

— Doeu tanto... O pão estava quente.

A menina tropeçou no tapete e, depois da surpresa da queda, começou a chorar. Martin apanhou-a e levou-a nos braços para a cozinha.

— Olha, papai — disse Andy. — O pão...

Emily tinha deixado o jantar das crianças no tampo nu da mesa esmaltada. Havia dois pratos com sobras de sopa de cereais, ovos e copos de metal com restos de leite. Havia também um prato de torradas com canela que não fora tocado, exceto pelas marcas de dentes num canto. Martin cheirou o pedaço mordido, depois jogou o pão na lata de lixo.

— Puxa, está horrível!

Emily tinha confundido a lata de pimenta com a de canela.

— Quase me queimei — disse Andy. — Bebi água e saí correndo e abri a boca. Marianne não comeu *nenhum.*

— Nenhum, não: *nada* — corrigiu Martin. Estava parado, olhando as prateleiras da cozinha. Finalmente disse: — Bom, acho que sei o que foi. Onde está a sua mãe agora?

— Lá em cima, no quarto.

Martin deixou as crianças na cozinha e subiu para ver a mulher. Diante da porta, parou por um momento até acalmar a ira. Não bateu, e depois que tinha entrado fechou a porta atrás de si.

Emily estava sentada na cadeira de balanço, junto à janela do quarto confortável. Bebia alguma coisa, e quando ele entrou escondeu apressadamente o copo atrás da cadeira. Havia confusão e culpa na sua atitude, que ela tentou ocultar com uma demonstração de aparente vivacidade.

— Oh, Martin! Você já chegou? Como o tempo passou depressa! Eu ia descer agorinha mesmo... — Avançou para ele, e seu beijo tinha um cheiro forte de bebida. Quando percebeu que ele não reagia, deu um passo para trás e começou a rir nervosamente. — O que é que há com você? Parado aí, rígido como um pau. Aconteceu alguma coisa errada com você?

— Errada *comigo?* — Martin abaixou-se até a cadeira de balanço e pegou o copo do chão. — Se você pudesse compreender como estou farto... como tudo isso faz mal a todos nós...

Emily falava naquela voz falsa e trivial, que se tinha tornado muito familiar para ele. Muitas vezes, nessas ocasiões, ela afetava um leve sotaque britânico, copiado talvez de alguma atriz que admirava.

— Não faço a mais vaga ideia do que você quer dizer. A não ser que esteja se referindo ao copo de bebida. Bebi uma, talvez duas doses. Mas não há crime nenhum nisso, não é? Estou muito bem. Muito bem.

— Qualquer um pode ver.

Com estudada sobriedade, Emily caminhou para o banheiro. Abriu a torneira de água fria e, com as mãos em concha, borrifou o rosto, depois secou-o com a ponta de uma toalha de banho. Tinha um rosto delicado, jovem, sem marcas.

— Eu estava justamente descendo para fazer o jantar. — Ela cambaleou e apoiou-se na porta.

— Eu cuido do jantar. Você fica aqui. Eu trago para você.

— Isso é que não. Por que você faria isso?

— Por favor — Martin disse.

— Deixe-me sozinha. Estou muito bem. Estava justamente descendo para...

— Eu me importo com você.

— Importe-se com sua avó.

Ela caminhou em direção à porta, mas Martin agarrou-a pelo braço.

— Não quero que as crianças vejam você nesse estado. Seja razoável.

— Me solte! — Emily puxou o braço. Sua voz alteou-se, furiosa. — Então, só porque tomo dois drinques à tarde você fica tentando me fazer acreditar que sou uma alcoólatra. Que coisa! Nem toquei no uísque, você sabe muito bem. E não ando me embebedando pelos bares, você sabe disso. Nem sequer tomo um coquetel antes do jantar. Tudo o que faço é beber um cálice de licor de vez em quando. E daí, pergunto a você, que mal há nisso? Que coisa!

Martin procurou palavras para acalmá-la:

— Vamos ter um jantar bem tranquilo, só nós dois, aqui em cima. Seja uma boa menina!

Emily sentou na cama, ele abriu a porta para sair.

— Volto num minuto.

No andar de baixo, enquanto preparava o jantar, ele voltou a pensar em como havia começado aquele problema em casa. Ele mesmo sempre gostara de um bom drinque. Quando ainda viviam no Alabama, tomavam juntos vários drinques ou coquetéis, sem nenhum motivo especial. Durante anos, tinham bebido um ou dois, talvez três drinques antes do jantar, e na hora de ir para a cama, uma dose grande. Nas vésperas de feriados, alegravam-se, e é possível que ficassem mesmo um pouco altos. Mas álcool nunca parecera um problema para ele, apenas um gasto considerável que o aumento da família dificilmente poderia permitir. Somente depois que a companhia o transferira para Nova York foi que Martin percebeu que sua mulher andava bebendo demais. Aos poucos, observou, ela começara a beber durante o dia.

Situado o problema, ele tentou analisar as causas. A mudança do Alabama para Nova York tinha perturbado um pouco Emily. Acostumada ao calor sonolento de uma pequena cidade sulina, à vida familiar, aos parentes e amigos de infância, ela ainda não se adaptara aos costumes mais rígidos e mais solitários do Norte. As obrigações de mãe e dona de casa, por outro lado, eram insuportáveis para ela. Tinha saudade de Paris City e não fizera amigos no ambiente suburbano. Lia apenas revistas e livros policiais. Sua vida interior era insuficiente sem o artifício do álcool.

A descoberta daquele vício foi, insidiosamente, destruindo nele a imagem que tinha da mulher. Havia épocas de inexplicável maldade, épocas em que a bebida era a causa de incontroláveis explosões de raiva. Aos poucos, localizou em Emily uma brutalidade latente, que desmentia sua simplicidade natural. Ela mentia sobre bebida e tentava enganá-lo com toda espécie de estratagemas.

Então houve um acidente. Voltando do trabalho para casa, há mais ou menos um ano, ele foi surpreendido por gritos no quarto das crianças. Encontrou Emily segurando a menina, nua e molhada do banho. A menina caíra e machucara a cabeça na quina da mesa, um filete de sangue empapava seus cabelos macios. Emily soluçava, bêbada. Enquanto Martin embalava a menina ferida, infinitamente preciosa naquele momento, teve uma assustadora visão do futuro.

No dia seguinte, Marianne estava bem. Emily prometeu que nunca mais tocaria em álcool, e durante algumas semanas permaneceu sóbria, fria e abatida. Depois, aos poucos, recomeçou, não uísque ou gim, mas quantidades de cerveja, vinho ou licores estranhos. Uma vez ele encontrou uma caixa de chapéus cheia de garrafas vazias de licor de menta. Martin conseguiu uma boa empregada, que cuidava da casa competentemente. Virgie era também do Alabama, e Martin nunca se atrevera a dizer a Emily o quanto custava uma empregada em Nova York. A bebida de Emily tornava-se agora um vício inteiramente secreto, ela bebia antes que ele voltasse para casa. Geralmente os efeitos eram quase imperceptíveis: certa lentidão nos movimentos, os olhos pesados. Os sinais de irresponsabilidade, como a pimenta no pão torrado, eram raros, e com Virgie em casa Martin conseguia esquecer suas preocupações. Mas a ansiedade estava sempre latente, como uma ameaça de desastre indefinido, que atormentava seus dias.

— Marianne! — Martin chamou, porque só a lembrança daquelas coisas trazia-lhe a necessidade de segurança.

A menina, já curada, mas nem por isso menos preciosa para seu pai, entrou na cozinha com o irmão. Martin continuou a preparar o jantar. Abriu uma lata de sopa, jogou duas costeletas na frigideira. Sentou à mesa e colocou Marianne nos joelhos, brincando de cavalinho. Andy olhava para eles, cutucando com o dedo um dente que estava para cair há uma semana.

— Andy, o guloso! — disse Martin. — Ainda está com essa coisa velha na boca? Venha cá, deixe o papai dar uma olhada.

— Tenho um cordão para arrancar. — O menino tirou-o do bolso. — Virgie disse para amarrar uma ponta no dente e a outra na porta, depois fechar a porta de repente.

Martin apanhou um lenço limpo e tocou o dentinho com cuidado.

— Este dente vai sair da boca do Andy hoje à noite. Senão, acho que vamos ter uma árvore de dentes na família.

— Uma o quê?

— Uma árvore de dentes — Martin disse. — Se morder alguma coisa, você engole o dente. E o dente vai deitar raízes na barriga do pobre Andy e crescer e virar uma árvore de dentes com dentinhos afiados em vez de folhas.

— Ora, papai — Andy disse. E agarrou o dente firmemente entre o indicador e o polegar não muito asseados. — Não árvore assim. Eu nunca *vejo* uma.

— Não *existe* árvore assim, e eu nunca *vi* uma.

Subitamente, Martin ficou tenso. Emily estava descendo as escadas. Ele escutou os passos vacilantes nos degraus, enquanto seus braços apertavam o menino angustiado. Quando Emily entrou, por seus movimentos e pelo rosto avermelhado ele percebeu que ela tinha bebido mais. Ela começou a abrir as gavetas e a pôr a mesa.

— Que coisa! — ela disse, numa voz turva. — Você falou comigo de um jeito... Não pense que eu esqueci. Lembro cada uma das horríveis mentiras que você disse contra mim. Não pense que eu vou esquecer.

— Emily! — ele implorou. — As crianças...

— As crianças... pois sim! Não pense que não compreendo seus planos sujos, suas manobras. Aqui embaixo, tentando jogar meus próprios filhos contra mim. Não pense que eu não vejo e não compreendo.

— Emily! Eu peço a você... por favor, suba.

— Claro, para que você possa jogar meus filhos... meus próprios filhos... — Duas grandes lágrimas escorregaram por seu rosto. — Tentando jogar meu menininho, meu Andy, contra sua própria mãe.

Com uma impulsividade de bêbada, Emily ajoelhou-se no chão diante do menino aturdido. Equilibrou-se mantendo as mãos nos ombros dele.

— Escute, meu Andy querido... Não acredite nas mentiras que o seu pai conta. Você não deve acreditar no que ele diz. Escute, Andy, o que é que o seu pai estava dizendo a você antes que a mamãe descesse? — Incerto, o menino procurou o rosto do pai. — Diga. Mamãe quer saber.

— Era sobre a árvore de dentes.

— O quê?

O menino repetiu as palavras, e ela repetiu-as também, como um eco, incrédula:

— Árvore de dentes! — Ela vacilou e tornou a apoiar-se nos ombros do menino. — Não sei o que você está querendo dizer com isso. Mas escute, Andy, mamãe está muito bem, não é verdade? — As lágrimas continuavam correndo, e Andy, assustado, tentava afastar-se dela. Apoiando-se na mesa, Emily levantou. — Está vendo? Você jogou meu filho contra mim.

Marianne começou a chorar, e Martin tomou-a nos braços.

— Muito bem, você pode ficar com a sua filha. Você sempre deixou bem claro que ela era a sua preferida. Eu não me importo, mas deixe ao menos que eu fique com meu filho.

Andy correu para o pai e abraçou as pernas dele.

— Papai — soluçou.

Martin levou o menino até as escadas.

— Andy, suba com Marianne que o papai vai em seguida.

— E mamãe? — o menino perguntou baixinho.

— Mamãe está bem. Não se preocupe.

Emily soluçava na mesa da cozinha, a cabeça tombada entre os braços. Martin colocou um prato de sopa em frente a ela. Os soluços fundos o deixavam nervoso, a veemência daquela emoção, independente da causa, despertou nele um sentimento de ternura. Quase sem querer, sua mão tocou nos cabelos negros dela.

— Vamos, tome a sopa.

Ao levantar os olhos para ele, o rosto de Emily parecia purificado e implorava. A fuga do menino, ou o contato da mão de Martin, havia mudado a sua atitude.

— Ma... Martin — ela soluçou. — Estou tão envergonhada.

— Tome a sopa.

Obedecendo, ela bebeu entre suspiros entrecortados. Depois de um segundo prato, ela deixou-se levar para o quarto. Estava dócil agora, e mais serena. Ele colocou a camisola em cima da cama e estava quase saindo do quarto quando voltou a agitação da bebida, um novo sopro de angústia.

— Ele me deu as costas. Meu Andy olhou para mim e virou as costas.

A impaciência e o cansaço endureciam a voz dele, mas tentou falar amavelmente:

— Você esqueceu que Andy ainda é uma criança. Ele não pode compreender o que significam essas cenas.

— Eu fiz uma cena? Oh, Martin, eu fiz uma cena na frente das crianças?

O rosto aterrorizado dela comoveu-o, contra a sua vontade.

— Esqueça isso. Ponha a sua camisola e durma.

— Meu menininho fugiu de mim. Andy olhou para sua mãe e virou as costas. As crianças...

Ela estava presa na tristeza rítmica do álcool. Martin saiu do quarto dizendo:

— Pelo amor de Deus, vá dormir. Amanhã as crianças nem vão se lembrar disso.

Enquanto dizia isso, pensou se seria mesmo verdade. A cena desapareceria tão facilmente de suas memórias ou deitaria raízes no inconsciente, para atormentá-los durante anos? Martin não sabia, e a última alternativa o assustava. Pensou em Emily, previu a humilhação na manhã seguinte, os pedaços de lembranças, a lucidez que nasce da emenda sombria da vergonha. Ela telefonaria duas vezes, provavelmente três ou quatro, para o escritório de Nova York. Martin previu seu próprio atordoamento, imaginando se os outros poderiam suspeitar, no escritório. Sentia que a secretária há tempos adivinhava o problema, e tinha pena dele. Por um momento, revoltou-se e odiou sua mulher.

Entrou no quarto das crianças, fechou a porta e, pela primeira vez naquele dia, sentiu-se seguro. Marianne atirou-se no chão, depois levantou-se e disse:

— Papai, olha eu.

Jogou-se novamente ao chão, e continuou assim, para chamar a atenção dele. Andy estava sentado na cadeirinha baixa, mexendo no dente. Martin abriu a torneira, lavou as mãos e chamou o menino ao banheiro.

— Vamos ver outra vez esse dente.

Martin sentou na tampa da privada, prendendo Andy entre os joelhos. O menino abriu a boca, e Martin agarrou o dente. Uma sacudidela, um puxão rápido, e o dente de leite pulou para fora. Por um momento, o rosto de Andy hesitou entre o terror, a surpresa e o prazer. Ele encheu a boca d'água e cuspiu na pia.

— Olhe, papai! É sangue, Marianne!

Martin adorava dar banho nos filhos, adorava seus corpinhos ternos e nus enquanto estavam ali, expostos, na água. Emily não tinha razões para acusá-lo, ele não tinha preferências. Enquanto ensaboava o corpo delicado de seu filho, Martin sentia que mais ternura seria impossível, mas admitia a diferença na qualidade de suas emoções em relação aos dois filhos. Seu amor pela filha era mais grave, tocado por uma espécie de melancolia, de uma doçura que chegava quase a doer. As brincadeiras com o menino eram bobagens, inspirações de momento. Ele sempre chamava a menina de Marianne, e, ao chamá-la, sua voz tinha um tom de carícia. Martin enxugou a barriguinha macia da menina e aplicou-lhe pequenos golpes com a toalha nas dobras das virilhas. Os rostos limpos das crianças estavam radiantes como pétalas de flores e eram amados por igual.

— Vou pôr o dente embaixo do meu travesseiro. Acho que alguém vai me dar um quarto de dólar.

— Por quê?

— Ora, *você* sabe, papai, Johnny ganhou um quarto de dólar pelo dente dele.

— E quem traz esse dinheiro? — Martin perguntou. — Sempre pensei que fossem as fadas que vêm de noite. No meu tempo, eram 5 centavos.

— Isso é o que dizem no jardim da infância.

— Mas quem põe o dinheiro lá?

— Os pais da gente, ora — Andy disse. — Você.

Martin estava ajeitando os lençóis na cama de Marianne. A menina já adormecera. Respirando devagar, Martin curvou-se e beijou-a na testa, beijou também a palma da mãozinha aberta, que tocava a cabeça.

— Boa noite, Andy-homem.

A resposta foi somente um murmúrio sonolento. Depois de um minuto, Martin voltou e colocou um quarto de dólar embaixo do travesseiro. Deixou acesa a lâmpada de cabeceira.

Enquanto entrava pela cozinha, preparando alguma coisa para comer, Martin pensou que as crianças não tinham falado na mãe ou na cena que devia parecer incompreensível. Ocupado nas coisas do momento — o dente, o banho, o quarto de dólar —, o deslizar fluido do tempo das crianças tinha arrastado todos esses episódios rapidamente, como folhas na correnteza de um rio pouco profundo, enquanto o enigma adulto ficava na margem, esquecido. Martin agradeceu a Deus por isso.

Mas sua própria raiva, escondida e reprimida, despertou outra vez. Sua juventude estava sendo desperdiçada com uma alcoólatra, sua própria virilidade sutilmente contaminada por ela. E as crianças, depois que passasse a incompreensão, o que aconteceria com elas dentro de um ano? Os cotovelos na mesa, ele comia brutalmente, sem sentir o gosto. Não era possível esconder a verdade; logo todo mundo saberia, no escritório e na cidade: sua esposa era uma mulher viciada. Viciada. E ele e seus filhos seriam envolvidos num futuro de lenta degradação e ruína.

Martin afastou-se da mesa e voltou para a sala. Acompanhou as linhas de um livro com os olhos, mas sua mente dispersava-se em imagens miseráveis: via seus filhos afogados no rio, sua mulher arrastando a desgraça pelas ruas. Quando resolveu dormir, a raiva dura e violenta era um peso no seu peito, e arrastou os pés enquanto subia as escadas.

O quarto estava escuro, a não ser por uma réstia de luz que vinha da porta entreaberta do banheiro. Martin despiu-se em silêncio. Pouco a pouco, misteriosamente, começou a acontecer alguma coisa. A mulher estava adormecida, sua respiração ressoando tranquilamente no quarto. Abandonados, os sapatos de salto alto pareciam fazer um apelo mudo a ele. A roupa de baixo fora jogada em desordem sobre uma cadeira. Martin apanhou a combinação e o sutiã de seda macia e ficou com eles por um momento entre as mãos. Seus olhos deslizaram até a testa bem desenhada da mulher, os finos arcos das sobrancelhas, que Marianne herdara, e a curva na ponta do nariz delicado. No filho, ele podia localizar os traços dos maxilares, o queixo pontudo. O corpo da mulher tinha seios grandes, embora fosse delgado e ondulante. Enquanto Martin contemplava o sono tranquilo da mulher, o fantasma da velha raiva desapareceu. Todos os pensamentos de crítica e aborrecimento agora estavam longe dele. Martin apagou a luz do banheiro e abriu a janela. Cuidadosamente, para não acordar Emily, ele deslizou na cama. Sob a luz da lua, olhou sua mulher mais uma vez. Suas mãos procuraram a carne próxima e a dor igualou-se ao desejo na imensa complexidade do amor.

Uma árvore, uma rocha, uma nuvem

CHOVIA NAQUELA MANHÃ, e ainda estava muito escuro. Quando o menino tinha quase terminado seu trabalho, entrou no bar para tomar uma xícara de café. Era um bar que ficava aberto a noite toda e pertencia a um homem amargurado e mesquinho chamado Leo. Depois da rua desolada e vazia, o café parecia acolhedor e luminoso: junto ao balcão havia dois soldados, três operários têxteis e, num canto, um homem encurvado, com o nariz e metade do rosto enfiados dentro de um caneco de cerveja. O menino usava um gorro que parecia de aviador. Quando entrou no bar, desabotoou-o do lado direito e levantou o protetor de orelhas da pequena orelha avermelhada. Muitas vezes, enquanto ele bebia seu café, alguém lhe dizia alguma coisa amigável. Mas, nessa manhã, Leo não olhou para ele e nenhum dos homens falou. Ele pagou, e já estava saindo quando uma voz o chamou:

— Filho! Ei, filho!

Voltou-se, e o homem no canto fazia-lhe sinais com o dedo, pedindo-lhe que se aproximasse. Tinha levantado a cara do caneco de cerveja e parecia subitamente muito alegre. O homem era alto e pálido, com um grande nariz e os cabelos alaranjados cortados curto.

— Ei, filho!

O menino aproximou-se dele. Era um meninozinho franzino, de uns 12 anos, com um ombro mais alto que o outro por causa do peso do saco de jornais que vendia. Tinha um rosto magro, sardento, com olhos redondos de criança.

— Sim, senhor.

O homem colocou uma das mãos nos ombros do menino, depois tocou em seu queixo e moveu o rosto lentamente de um lado para o outro. O menino recuou, intimidado.

— Diga, o que é que o senhor quer?

A voz do menino era estridente. Dentro do café, de repente tudo ficou muito quieto. O homem disse lentamente:

— Eu amo você.

Todos os homens no balcão riram. O menino, que já havia dado um passo atrás e queria ir embora, não sabia o que fazer. Olhou para Leo, por trás do balcão, e Leo olhava para ele com uma careta aborrecida de gozação. O menino tentou rir também. Mas o homem estava sério e triste.

— Não quis brincar com você, filho — disse. — Sente aqui e tome uma cerveja comigo. Quero explicar uma coisa.

Cautelosamente, com o canto dos olhos, o pequeno jornaleiro consultou os homens no balcão, como se perguntasse o que devia fazer. Mas eles haviam voltado às suas cervejas e não deram importância a ele. Leo colocou uma xícara de café e um pires de creme ao alcance do menino.

— Ele é menor — Leo disse.

O menino sentou. Por baixo do tapa-orelha levantado, sua orelha era muito pequena e vermelha. O homem assentiu seriamente com a cabeça.

— Isso é importante — disse. Então levou a mão até o bolso de trás, tirou alguma coisa e mostrou-a, na palma da mão, para o menino ver. — Olhe com atenção.

O menino olhou, mas não havia nada para olhar com tanta atenção. Na palma grande e magra da mão, o homem tinha uma fotografia. Era o rosto de uma mulher, tão borrado que só dava para ver claramente um pedaço do vestido e do chapéu.

— Está vendo? — o homem perguntou.

O menino confirmou, e o homem mostrou outra fotografia.

A mulher estava numa praia, em traje de banho. O maiô deixava a barriga dela muito grande, era a primeira coisa que se notava.

— Olhou bem? — Ele chegou mais perto do menino e finalmente perguntou: — Você a tinha visto antes?

O menino estava sentado, imóvel, olhando desconfiado para o homem.

— Não que eu saiba.

— Muito bem. — O homem voltou a guardar as fotografias no bolso. — Era minha mulher.

— Morreu? — o menino perguntou.

Lento, o homem sacudiu negativamente a cabeça. Apertou os lábios como se fosse assobiar e respondeu de maneira imprecisa:

— Mmmmm... Eu vou explicar.

A cerveja no balcão, em frente ao homem, estava num grande caneco escuro. Ele não o apanhou para beber. Em vez disso, inclinou-se e, colocando a cara na superfície do vidro, ficou assim por um momento. Depois agarrou-o com as duas mãos e bebeu tudo.

— Uma noite dessas você vai dormir com esse narigão enfiado na cerveja e morrer afogado — disse Leo. — *Eminente forasteiro afogado em cerveja.* Será uma morte muito agradável.

O pequeno jornaleiro tentou fazer um sinal para Leo. Enquanto o homem não estava olhando, ele voltou a cabeça e moveu os lábios para perguntar, sem som: "Bêbado?" Mas Leo apenas levantou as sobrancelhas e voltou a colocar pedaços de bacon na frigideira. O homem afastou o caneco de cerveja e ergueu-se, apoiando as mãos ossudas no balcão. Seu rosto estava triste quando ele olhou para o menino. Não pestanejava, mas de vez em quando baixava os olhos verde-claros com delicada gravidade. Estava quase amanhecendo, e o menino mudou de ombro o saco de jornais.

— Estou falando sobre amor — o homem disse. — Para mim, é uma ciência.

O menino começou a escorregar do banquinho. Mas o homem levantou o indicador, e houve algo nele que prendeu o menino sem deixá-lo ir embora.

— Doze anos atrás eu casei com a mulher da fotografia. Ela foi minha mulher durante um ano, nove meses, três dias e duas noites. Eu a amava. Sim... — A voz rouca tornou-se mais clara quando ele disse outra vez: — Eu a amava. E acho que ela também me amava. Eu era maquinista. Ela tinha todo o conforto e luxo em casa. Nunca passou pela minha cabeça que não estivesse satisfeita. Mas você sabe o que aconteceu?

— Hmmmmm... — disse Leo.

O homem não desviou os olhos do rosto do menino.

— Ela me deixou. Uma noite, eu cheguei e a casa estava vazia, ela tinha ido embora. Ela me deixou.

— Com outro cara? — o menino perguntou. Suavemente, o homem estendeu a palma da mão no balcão. — Claro, naturalmente, meu filho. Uma mulher não vai embora assim sozinha.

O café estava em silêncio, a chuva negra e sem fim continuava a cair na rua lá fora. Leo esmagou os pedaços de bacon fritos com os dentes de seu grande garfo.

— Então faz 11 anos que você anda atrás dessa... Você é um velho safado e nojento!

Pela primeira vez, o homem olhou para Leo.

— Por favor, não seja vulgar. Além do mais, não estou falando com você. — Voltou-se para o menino e disse, num tom furtivo e sincero: — Não vamos dar atenção a ele, ok?

O menino dos jornais concordou, sem muita convicção.

— Foi assim — o homem continuou. — Eu sou uma pessoa que se impressiona muito com as coisas. Toda minha vida, uma coisa, depois outra foram me impressionando. A luz da lua. As pernas de uma garota bonita. Uma coisa depois da outra. Mas o problema é que, quando terminava, eu tinha uma sensação estranha, como se alguma coisa ficasse solta, perdida dentro de mim. Nada parecia terminar nem encaixar em outras coisas. Mulheres? Eu tive uma porção delas. A mesma coisa. Depois de tudo, aquelas sensações soltas em mim. Eu era um homem que nunca tinha amado.

Fechou os olhos muito lentamente, e o gesto foi como a descida do pano quando termina um ato no teatro. Quando voltou a falar, sua voz estava excitada e as palavras saíam rápidas, os lóbulos de suas orelhas grandes e soltas pareciam tremer.

— Então eu encontrei essa mulher. Eu tinha 51 anos, e ela sempre dizia que tinha 30. Encontrei-a numa estação de trem e casamos depois de três dias. E sabe o que aconteceu? Não posso nem falar. Tudo o que eu sempre tinha andado procurando estava junto, reunido nessa mulher. Não havia mais coisas soltas dentro de mim, tudo estava completo nela.

O homem parou subitamente e assoou o nariz comprido. Depois sua voz voltou, num tom de profunda reprovação:

— Não estou explicando direito. O que aconteceu foi o seguinte. Eu trazia esses belos sentimentos e pequenos prazeres soltos dentro de mim. E aquela mulher era como se reunisse todos os pedaços da minha alma. Eu entreguei para ela esses pedaços de mim mesmo e fiquei completo. Você está entendendo agora?

— Como era o nome dela? — o menino perguntou.

— Ah — o homem disse. — Eu a chamava de Dudu. Mas isso não importa.

— E o senhor não tentou fazer ela voltar?

O homem pareceu não ouvir.

— Pelo que contei, você pode imaginar o que senti quando ela me deixou.

Leo apanhou o bacon da frigideira e dobrou dois pedaços dentro de um pão. Tinha uma cara cinzenta, com olhos fundos, um nariz peludo salpicado de sombras azuis. Um dos operários pediu mais café, e Leo o serviu. Ele não permitia que repetissem de graça. Aquele operário tomava café no seu bar todas as manhãs, mas, quanto mais Leo conhecia seus clientes, mais mesquinho era com eles. Começou a roer seu sanduíche como se o tivesse roubado de si mesmo.

— E o senhor nunca mais a encontrou?

O menino não sabia o que pensar do homem, o seu rosto de menino estava inseguro, com uma mistura de curiosidade e dúvida. Ele tinha começado a vender jornais há pouco, e era estranho para ele andar pela cidade na madrugada escura e fria.

— Sim — o homem disse. — Tomei algumas medidas para fazê-la voltar. Andei por aí tentando encontrá-la. Estive em Tulsa, onde tinha parentes. E fui a Mobile. Estive em todas as cidades que ela tinha falado algum dia, procurando todos os homens que pudessem ter alguma relação com ela. Tulsa, Atlanta, Chicago, Cheehaw, Memphis... Durante dois anos, percorri o país tentando encontrá-la.

— Mas o casal havia desaparecido da face da Terra! — disse Leo.

— Não preste atenção nele — o homem disse em voz baixa. — E também esqueça esses dois anos. Eles não são importantes. O que importa é que, no terceiro ano, aconteceu uma coisa curiosa.

— O quê? — o menino perguntou.

O homem curvou-se para tomar um pouco de cerveja. Mas, enquanto se inclinava, a pele do nariz tremeu ligeiramente, ele cheirou o ranço da cerveja e não bebeu.

— A verdade é que o amor é uma coisa estranha. No começo, eu só pensava num jeito de ela voltar. Era uma espécie de mania. Mas depois o tempo foi passando, e, quando eu tentava me lembrar dela... sabe o que acontecia?

— Não — o menino disse.

— Quando eu caía na cama e tentava pensar nela, minha cabeça ficava vazia. Eu não conseguia vê-la. Então, pegava as fotografias dela e olhava. Mas não adiantava nada. Um vazio. Você consegue imaginar isso?

— Ei, compadre — Leo gritou atrás do balcão. — Você pode imaginar um vazio na cabeça desse cara?

Devagar, como se espantasse moscas, o homem agitou a mão. Seus olhos verdes estavam fixos e concentrados no rostinho miúdo do menino jornaleiro.

— Mas de repente alguma coisa como um caco de vidro encontrado na rua. Ou uma só moeda caindo dentro duma vitrola. Uma sombra na parede, à noite. E eu conseguia lembrar. Se isso acontecia quando estava na rua, eu tinha vontade de gritar ou bater a cabeça num poste. Você está entendendo?

— Um caco de vidro... — o menino disse.

— Qualquer coisa. Eu dava voltas à toa e nunca sabia como nem quando ia me lembrar dela. Tem gente que acha que você pode se defender disso. Mas a lembrança não vem direto a um homem, vem por esquinas, dando voltas, pelos lados. Eu fiquei à mercê de tudo o que via e ouvia. De repente, em vez de ser eu quem atravessava o país para encontrá-la, era ela quem me perseguia, dentro da minha própria alma. *Ela* me perseguindo, veja só! E na minha própria alma.

Finalmente, o menino perguntou:

— E em que lugar do país o senhor estava naquela época?

— Ah — o homem gemeu. — Eu era um pobre doente. Era como um vírus. Eu confesso, filho, que me embebedei. Trepei. Cometi todos os pecados que de repente cruzaram meu caminho. Tenho vergonha de confessar tudo assim, mas preciso fazer isso. Quando lembro aquele tempo que foi como um pântano na minha cabeça, acho tudo horrível.

O homem inclinou a cabeça e bateu a testa no balcão. Por alguns segundos, ficou nessa posição, a nuca coberta por uns fios de cabelos alaranjados, as mãos de longos dedos nodosos unidas palma contra palma, numa atitude de prece. Depois ergueu-se; estava sorrindo e, de repente, seu rosto tornou-se radiante e trêmulo e velho.

— Aconteceu no quinto ano — ele disse. — Foi quando começou a minha ciência.

A boca de Leo torceu-se num movimento pálido e rápido.

— Ninguém rejuvenesce — disse. E, com uma raiva súbita, embolou o pano de prato que tinha nas mãos e jogou-o ao chão. — Seu velho Romeu safado!

— O que aconteceu? — o menino perguntou.

A voz do velho era alta e clara.

— Paz — ele respondeu.

— Hein?

— É difícil explicar cientificamente, filho — ele disse. — Acho que a explicação lógica é que ela e eu tínhamos nos perseguido durante tanto tempo que, finalmente, deixamos as nossas lembranças de lado, quietas. Paz. Um estranho e belo vazio. Era primavera em Portland, e chovia todas as tardes. Todas as tardes eu ficava na cama, no escuro. E foi assim que a ciência veio até mim.

As janelas que davam para a rua estavam palidamente azuladas pela luz. Os dois soldados pagaram suas cervejas e abriram a porta — um deles penteou os cabelos e sacudiu a lama das botas, antes de sair. Os três operários curvaram-se em silêncio sobre suas comidas. O relógio de Leo tiquetaqueava na parede.

— E foi isso. Agora escute com cuidado. Meditei muito sobre o amor e cheguei a uma conclusão. Entendi o que há de errado com a gente. Os homens se apaixonam pela primeira vez. E pelo que eles se apaixonam?

A boca macia do menino estava um pouco aberta, e ele não respondeu.

— Por uma mulher — o velho disse. — Sem ciência, sem nada que os guie, iniciam a mais perigosa e sagrada experiência nesta terra de Deus. Eles se apaixonam por uma mulher. Não é assim, filho?

— Sim — disse o menino timidamente.

— Eles começam pelo fim errado do amor. Eles começam pelo clímax. Sabe por que o amor é uma coisa tão infeliz? Sabe como os homens deveriam amar?

O velho estendeu a mão e pegou o menino pela gola da jaqueta de couro. Sacudiu-o devagar, e seus olhos verdes olharam para baixo, sem piscar.

— Filho, você sabe como o amor deveria começar?

O menino continuava sentado, ouvindo. Balançou lentamente a cabeça. O velho chegou mais perto e sussurrou:

— Uma árvore. Uma rocha. Uma nuvem.

Continuava chovendo na rua: uma chuva sem fim, suave e cinza. O apito da fábrica chamou para o turno das seis, os três operários pagaram e saíram. Não ficou mais ninguém no bar além de Leo, o velho e o pequeno jornaleiro.

— O tempo era assim em Portland — o homem disse. — Quando minha ciência começou. Eu meditei e comecei com muita cautela. Apanhava qualquer objeto na rua e o levava para casa. Comprei peixinho dourado, me concentrei nele e o amei. Eu passava aos poucos de uma coisa para outra. Dia após dia, eu aprendia essa técnica. No caminho de Portland a San Diego...

— Cale a boca! — gritou Leo de repente. — Cale a boca! Cale a boca!

O velho continuava agarrando a gola da jaqueta do menino. Ele tremia e seu rosto estava sério, iluminado e selvagem.

— Durante seis anos, andei por aí desenvolvendo minha técnica. Agora sou um mestre, filho. Eu posso amar qualquer coisa. Nem preciso pensar do que se trata. Vejo uma rua cheia de gente e uma linda luz surge dentro de mim. Vejo um pássaro no céu. Ou encontro um viajante na estrada. Todas as coisas, filho. E todo mundo. Todos os desconhecidos, todos amados. Você consegue compreender o que uma ciência como a minha significa?

O menino estava sufocado, as mãos curvadas agarrando com força o balcão. Finalmente perguntou:

— O senhor não encontrou mais aquela senhora?

— O quê? O que foi que disse, filho?

— Eu queria saber — o menino disse timidamente — se o senhor se apaixonou por uma mulher outra vez.

O velho soltou a gola do menino. Olhou em volta pela primeira vez, e seus olhos verdes tinham uma expressão vaga, dispersa. Levantou o caneco do balcão e bebeu a cerveja dourada. Moveu a cabeça de um lado para o outro. Então, finalmente respondeu:

— Não, filho. Esse é o último degrau da minha sabedoria. Tenho que ter cautela. E ainda não estou pronto.

— Bem — disse Leo. — Muito bem, muito bem.

O velho ficou parado na porta aberta.

— Lembre-se — disse. E no meio da luz cinzenta do amanhecer parecia encolhido, esfarrapado e frágil. Mas seu sorriso era luminoso. — Lembre-se de que eu o amo.

Sacudiu a cabeça pela última vez. E a porta fechou-se em silêncio atrás dele.

Durante muito tempo, o menino não falou. Alisou umas mechas dos cabelos caídas na testa, passou o dedo magro pela superfície do caneco vazio. Depois, sem olhar para Leo, perguntou:

— Ele estava bêbado?

— Não — disse Leo secamente.

O menino levantou mais a voz:

— Estava drogado, então?

— Não.

O menino olhou para Leo, e seu rosto miúdo estava desesperado, sua voz insistente e aguda:

— É louco? Você acha que ele é maluco? — A voz do jornaleiro baixou de repente, em dúvida: — Você acha, Leo? Ou não?

Mas Leo não queria responder. Leo tinha aquele bar noturno há 14 anos e considerava-se uma autoridade em doidos. Conhecia os tipos da cidade e também os passageiros que emergiam do fundo da noite. Conhecia as manias de todos eles. Mas não quis satisfazer a curiosidade do menino. Contraiu o rosto pálido e ficou em silêncio.

Então o menino baixou o tapa-orelha direito do gorro e, quando se voltou para sair, Leo fez o único comentário que parecia seguro, a única observação que não poderia ser desprezada nem posta em dúvida:

— Claro, ele parece um homem muito viajado.

Este livro foi impresso nas oficinas da
DISTRIBUIDORA RECORD DE SERVIÇOS DE IMPRENSA S.A.
Rua Argentina, 171 – Rio de Janeiro, RJ
para a EDITORA JOSÉ OLYMPIO LTDA.
em julho de 2010

*

78º aniversário desta Casa de livros, fundada em 29.11.1931